मधु अयन

(साझा कथा संग्रह)

संपादक : लाल चंद्र यादव- डॉ. अनिता राठौर मंजरी

दिल्ली-110089, (भारत)

संस्करण : 2019
ISBN : 978-81-943471-2-5

प्रखर गूँज पब्लिकेशन
एच-3/2, सेक्टर-18, रोहिणी, दिल्ली-110089
दूरभाष : 7982710571, 7838505899, 011-27851059

प्रथम संस्करण : 2019

आवरण : दुर्गाप्रसाद

मधु अयन (साझा संग्रह)

By Lal Chandar Yadav & Dr. Anita Rathor Manjari

Published by
PRAKHAR GOONJ PUBLICATION
Delhi-110089
E-mail : prakhargoonj@gmail.com
        sinha.neelu123@gmail.com
7982710571, 7838505899, 011-27851059

क्रम तालिका

प्रिय पाठकों,

आप सभी इस बात से भली भाँति परिचित होंगे कि साहित्य की हर एक विधा समाज को सकारात्मक सन्देश देकर सामाजिक विकास के रास्ते पर अग्रसर करने में भरपूर सहयोग करती है। साहित्य की हर विधा में बातों को कहने का अपना अलग तरीका होता है। लेकिन कहानी एक ऐसी प्रभावी विधा है जिसमें लेखक अपनी बातों और विचारों को बहुत ही प्राभावी और रुचिकर तरीके से पाठकों के मन और मस्तिष्क में रख पाता है।

कहानी के माध्यम से हमारे और आप के बीच पहुँचाए गये विचार बहुत ही प्रभावी तरीके से हम सभी पाठकों तक पहुँच जाते हैं और हम सभी पाठकों के जीवन और दर्शन में बहुत ही सकारात्मक बदलाव ले आने की ताकत रखते हैं। कहानी एक ऐसी विधा है, जो बहुत कम समय में पाठक के अंदर सकारात्मक विचार प्रवाहित कर देती है।

इसी बात को ध्यान में रखकर हमने आप सभी के बीच एक साझा कहानी संग्रह लेकर आने की सोची। इस सोच को मूर्त रूप देने में आप सभी लेखकों ने पूर्ण सहयोग किया,जिसके परिणाम स्वरूप 'मधुअयन' कहानी संग्रह हम, सभी पाठकों के बीच प्रस्तुत कर पा रहे हैं।

इस संग्रह में देश के विभिन्न भागों से लेखकों ने अपनी कहानी भेजकर इस पुस्तक को सजाने में जो सहयोग हमें दिया है,इसके लिए हम उनसभी

के आभरी हैं।

इस संग्रह में शामिल होने वाले लेखक देश के विभिन्न हिस्सों से हैं इस वजह से आपको देश के विभिन्न हिस्सों की संस्कृतियों की झलक भी देखने को मिल जायेगी।

इस संग्रह में हर एक लेखक की तीन या चार कहानियों को स्थान दिया गया है इसलिए यह भी पता करना आसान होगा, कि कौन सा लेखक किस विचार को अपनी कहानियों में प्राथमिकता देता है, यानी लेखक का मूल प्रिय

भाव क्या है? इस संग्रह में आपको अलग-अलग विषयों पर केंद्रित कहानियां पढ़ने को मिल सकेंगी।

यह पुस्तक 'मधुअयन' एक कहानी संग्रह के रूप में समाज के या हमारे सुधी पाठकों के लिए कितनी लाभप्रद साबित होगी, समाज में कितनी सकारात्क ऊर्जा का संचार कर पायेगी, यह निर्णय हम सुधी पाठकों पर छोड़ते देते हैं।

अंत में इस पुस्तक में शामिल सभी सुधी लेखकों को हार्दिक बधाई एवं उनके उज्जवल भविष्य की शुभकामनाएं।

आपका

लाल चन्द्र यादव (संपादक)

डॉ. अनिता राठौर मंजरी (संपादक)

मुझे बेहद खुशी है कि प्रखर गूँज प्रकाशन की संचालिका आदरणीय नीलू सिन्हा जी के सानिध्य में मधु अयन जैसे साहित्यिक साझा संग्रह के लिए दो शब्द लिखने का मौका मिला। यह पुस्तक वैचारिक एवं भावना प्रधान कहानियों का अनूठा संगम है। प्रखर गूँज प्रकाशन के द्वारा प्रकाशित इस पुस्तक में नवांकुर रचनाकारों को विशेष मौका मिला है। इस संग्रह के प्रत्येक कहानियों में विविधता है जो प्रत्येक वर्ग के पाठकों को आकर्षित करती है।

डॉ. अनिता राठौर मंजरी (आगरा)

राकेश रमण श्रीवास्तव

माता	:	स्व. कुसुम देवी
पिता	:	स्व. रेवती रमण प्रसाद
पत्नी	:	श्रीमती प्रीति श्रीवास्तव
जन्म स्थान	:	आरा, भोजपुर (बिहार)
जन्म तिथि	:	01-01-1960
शिक्षा	:	एम. ए. अर्थशास्त्र
शिक्षा स्थान	:	बिहटा, पटना एवं आरा (बिहार)
कार्य क्षेत्र	:	ए. एन. कालेज, पटना के अर्थशास्त्र विभाग में आकस्मिक व्याख्याता एवं बिहार सचिवालय सेवा में प्रशाखा पदाधिकारी के पद पर कार्यरत।
अभिरूचि	:	पठन-पाठन, लेखन एवं सामाजिक कार्यों में सक्रियता।
पता	:	लेखा नगर (डी.ए.वी. स्कूल के पीछे), कैंट रोड, खगौल, पटना

कोई हमदम ना रहा...कोई सहारा ना रहा

आज अंत्येष्टि थी हीरा सिंह की। दूर-दराज के गाँवों के सभी वृद्ध से लेकर जवान व्यक्ति तक इस अंत्येष्टि में शामिल थे। सबकी आँखें नम थीं। उनके अपने परिवार से भी सब भाई भतीजा इसमें शामिल थे, लेकिन मुखाग्नि उनके मित्र भोला सिंह ने ही दी थी।

वस्तुतः शिवपूजन सिंह और कमला सिंह के तीन बेटों में सबसे बड़े थे हीरा सिंह...लगभग 60 बीघे की खेती थी और संयुक्त परिवार था। खूब अच्छी खेती हो जाती थी और खलिहान में फसलों का अम्बार लग जाता था। इनके सारे खेत नहर इलाके में थे, तो कभी बाढ़ अथवा सुखाड़ का सामना करना ही नहीं पड़ा। जिन्दगी खूब मजे में चल रही थी...तीनों भाई तीन दिशाओं में स्थित खेतों को संभालते और शाम में सब इकट्ठे बैठकर दिन भर की उपलब्धियों पर शिवपूजन सिंह से चर्चा करते। आवश्यक होने पर शिवपूजन सिंह उन्हें कल का टास्क भी दे देते अथवा वाह-वाह कहकर सबका हौसला बढ़ाते।

लेकिन शिवपूजन सिंह और कमला सिंह दोनों वृद्ध हो ही चुके थे और कई बीमारियों से ग्रसित भी थे। ग्रामीण क्षेत्र होने के कारण उनकी बीमारियों का मुकम्मल इलाज भी नहीं हो पाता था, तो कालान्तर में दोनों बारी-बारी से एक महीने के अन्तराल पर ही चल बसे। इन तीनों भाईयों के लिए माता-पिता दोनों अब नहीं रहे थे...घर पर मुसीबतों का पहाड़ टूटा था। धीरे-धीरे घर की स्थिति बदलने लगी और घर में गृहकलह अब बढ़ने लगा। ऐसे में खेती भी कमजोर पड़ने लगी और धीरे-धीरे घर पर आर्थिक संकट मंडराने लगा। तीनों भाईयों का ज्यादा समय अब गृहकलह को सुलझाने में ही निकल जाता, खेती कौन करे! यह तो सिद्ध तथ्य है कि गति के लिए चरण जरूरी है और प्रगति के लिए आचरण जरूरी है। मिट्टी का मटका और परिवार की कीमत सिर्फ बनाने वाले को ही पता होती है, जिसने बनाया ही

नहीं, उसे तोड़ने का क्या दर्द! जब बात औरतों के बीच तू-तू मैं-मैं पर आ गयी, तो छोटे भाईयों ने हीरा सिंह के समक्ष संपत्ति के बँटवारे का प्रस्ताव रख दिया और घर की बिगड़ती हालत को देखकर हीरा सिंह भी बँटवारे के लिए सहर्ष ही तैयार हो गये। तब हीरा सिंह के तीनों भाईयों के बीच संपत्ति का बँटवारा हुआ और सभी भाईयों को उनके हिस्से में 20-20 बीघा खेत और मकान में भी बराबर-बराबर हिस्से मिले। हीरा सिंह भी अपनी दोनों पत्नियों के साथ अपने हिस्से के मकान में रहने लगे।

वस्तुतः हीरा सिंह की पहली पत्नी अत्यंत ही सुन्दर, सुशील और शुभिता मिली थी उनको...अच्छे घर की बेटी थी वो। बहुत खुश रहा करते थे हीरा सिंह...लेकिन भगवान् की भी एक अजीब माया है कि वो सबको कहीं ना कहीं कम कर ही देते हैं...आखिर संतुलन कैसे कायम हो! शादी के दस-बारह वर्षों तक भी हीरा सिंह को कोई बच्चा नहीं हुआ था। इसका दुःख दोनों पति-पत्नी को हमेशा सताता...गाँव की बुजुर्ग महिलाओं में भी अब कानाफूसी होने लगी थी और सबने कुछ कुछ कहना शुरू कर दिया था...अब रीता सिंह चिड़चिड़ी हो गयी थीं और उनकी शुभिता गायब होने लगी थी।

हीरा सिंह ने कई जगह चिकित्सकों से परामर्श लिया और उनके सलाह के अनुसार सारा इलाज़ कराते रहे...हर जगह डाक्टर से जाँच कराने पर कमी पत्नी रीता सिंह में ही निकल जाती...तब रीता सिंह ने हीरा सिंह को पुत्र के लिए सहर्ष जब दूसरी शादी का परामर्श दिया, तो पहले तो हीरा सिंह को यह मान्य नहीं हुआ, लेकिन बाद में थोड़ा दबाव पड़ने और अपने भविष्य की चिंता में हीरा सिंह भी तैयार हो गये और बगल के गाँव के राधेश्याम सिंह की बेटी सरिता सिंह से दूसरी शादी कर ली। लेकिन उनके भाग्य में संतान सुख था ही नहीं।

समय अपनी रफ्तार में निकलता रहा...जब कई वर्ष निकल गये और इनको बच्चा होने की सारी संभावनाएं क्षीण हो गयीं, तो गाँव के लोगों ने अब उन्हें तंत्र-मंत्र के सहारे का परामर्श दिया। हीरा सिंह पहले इन बातों में

विश्वास नहीं करते थे, लेकिन समय ने उनको यह सब मानने के लिए भी मजबूर कर दिया था। अब कोई दूसरा रास्ता भी न बचा था। ये पति-पत्नी ओझा-गुणी के पास जाने लगे और उनके द्वारा बतायी हर विधि को अपनाने लगे, लेकिन यहाँ भी कोई फलाफल न निकला।

उस दिन सुबह के लगभग 8 बजे ही थे और तीनों बरामदे में बैठ कर गपशप कर रहे थे...माहौल बहुत खुशनुमा और शांत था। तभी उनके दरवाजे पर एक भगवाधारी तांत्रिक बाबा का आगमन हुआ...लम्बे अनसुलझे बाल, गले में रूद्राक्ष की लम्बी माला, हाथ में लकड़ी का कमंडल, दूसरे हाथ में एक छड़ी और ललाल पर त्रिशूल के आकार का लम्बा टीका...किसी सिद्ध पुरूष सा व्यक्तित्व लग रहा था उनका...आवाज बहुत रौबदार...उम्र यही कोई 50 के आस-पास की रही होगी...उनके साथ लगभग २० साल का एक युवक भी था, जिसकी वेशभूषा भी समान ही थी...संभवतः प्रशिक्षण काल चल रहा था उसका।

बाबा ने घर के सामने आकर चिल्लाना शुरू किया–'जय महाकाल...
.जय माता रानी की...जय हो महाराज की! इस राजमहल में सबकुछ है, बस एक संतान की प्रप्ति नहीं है...संतान सुख तो है, लेकिन किसी के श्राप के कारण इस सुख की प्राप्ति नहीं हो पा रही है...उसी को पूरा करने माता रानी ने मुझे यहाँ भेजा है....मैं कामख्या से आया हूँ...बैठने के लिए नहीं कहोगे?'।

उनके व्यक्तित्व में गजब का सम्मोहन था...एकबारगी सब-के-सब उस बाबा की गिरफ्त में चले गये...बाबा ने सबकी आँखें पढ़नी शुरू कर दी... सबके ललाट पर लिखे संतान सुख का वर्णन किया...अब तो तीनों की बाँछें खिल गयीं...आखिर इस तांत्रिक ने कैसे जाना कि इस घर में कोई संतान नहीं है...जरूर ये कोई सिद्ध तांत्रिक हैं...सम्मोहन के कारण सबके स्वविवेक ने काम करना बंद कर दिया था...सभी खड़े होकर उनके आवभगत में लग गये...हीरा सिंह ने तांत्रिक को अंदर बरामदे पर बुलाया और बैठने को कहा...तांत्रिक का जादू चल गया था, यह वह समझ चुका था...औरतें

इनकी साफ्ट टारगेट होती हैं।

उसने फिर कहना शुरू किया...'बच्ची, तुम्हारे घर में सबकुछ है, बस संतान की किलकारियाँ नहीं हैं...मैं तुमको संतान देकर जाऊँगा मैं इसी के लिए यहाँ आया हूँ...एक साल के अंदर तुमको पुत्ररत्न की प्राप्ति होगी।' बाबा, वह कैसे? कुछ उपाय बताईये खुशी से रीता सिंह की आँखें भर आयीं।

'इसके लिए बस कुछ पूजा-पाठ कराने होंगे और वह पूजा तुम्हारे घर में ही होगा।....अभी तो मैं कामख्या जा रहा हूँ।....वहाँ ध्यान लगाऊँगा.... तुम्हारे नाम पर हवन कराऊँगा।....उसके लिए कुछ राशि खर्च करनी होगी. ...इक्कीस दिन अखण्ड दीप जलेगा तुम्हारे नाम का....'

'बाबा, वहाँ के लिए क्या खर्च आयेगा?' 'वहाँ के लिए तत्काल 2000 रुपए दे दो....फिर मैं दशहरा के बाद आकर यहाँ का कार्यक्रम करूँगा.... तुम देखना मेरे नंगे हाथ पर अग्नि प्रज्जवलित होगी' और उसके लिए पूजन सामग्रियों की एक लम्बी सूची उपलब्ध करा दी। सब आँख फाड़े सुनते रह गये थे। अंधे को और क्या चाहिए था....बस दो आँखें....राशि भी कोई ज्यादा नहीं थी और ओझा-गुणी के पास इधर-उधर तो घुम ही रहे थे, एक और सही। हीरा सिंह सहर्ष तैयार हो गये।

अब तांत्रिक ने एक नयी बात कह दी कि 'लेकिन यह अनुष्ठान तभी सफल होगा, जब पूजा-पाठ के बाद निकली सामग्री/अवशेष कोई व्यक्ति किसी श्मशान घाट पर जाकर गड्ढे में गाड़ देगा, ताकि किसी का पैर नहीं पड़े।....लेकिन ध्यान रखना होगा कि जो व्यक्ति इसको गाड़ेगा, उसके एक बेटे की मृत्यु एक साल के अंदर हो जायेगी। यह कहकर हीरा सिंह से 2000 रुपए लेकर तांत्रिक बाबा चले गये।

अब हीरा सिंह चिंता में पड़ गये....कौन व्यक्ति अपने बेटे को कुर्बान करेगा? किससे कहूँ कि तुम मेरे बेटे के लिए अपने बेटे की कुर्बानी दो? मन में तो आज तक ऐसे विचार भी न आये थे। यही कुछ विचारते सात दिन निकल गये। एक दिन शाम में बाजार में घूमते हीरा सिंह को उनके अभिन्न

मित्र भोला सिंह मिल गये, तो इनकी बाँछें खिल गयीं। कम से कम भोला से इस विषय पर विमर्श तो किया जा सकता है। उन्होंने इस बात की चर्चा अपने मित्र भोला सिंह से की और उन्हें विस्तार से सबकुछ बताया....

भोला सिंह बड़े ध्यान से दोस्त की बात सुनते रहे और इनके मनोभावों को पढ़ते रहे। वो समझ गये कि हीरा के लिए यह हताशा की स्थिति है और अभी उसे यहाँ आशा की एक किरण दिख रही होगी, ऐसे में इसे मैं और हताश नहीं करूँगा। भोला सिंह सहर्ष तैयार हो गये और उन्होंने कहा कि 'हीरा, जीवन एक ऐसा रंगमंच है, जहाँ किरदार को खुद नहीं पता कि अगला दृश्य क्या होगा। नीयत साफ और मक्सद सही हो, तो यकीनन किसी न किसी रूप में ईश्वर भी हमारी मदद कर देते हैं। किसे मालूम है कि वह तांत्रिक बाबा कौन हैं और जब कुछ नहीं मालूम, तो उनकी विश्वसनीयता पर संदेह क्यों? तुम यह कार्य करो और उन सामग्रियों/अवशेषों को श्मशान घाट जाकर गढ्ढे में गाड़ने का काम मैं करूँगा। 'भोला सिंह इन अंधविश्वासों से ऊपर थे....वे सब समझ रहे थे, लेकिन उन्होंने हीरा सिंह के विश्वास को तोड़कर उन्हें दुःखी करना नहीं चाहा।

'भोला, ये क्या कह रहे हो तुम?अपने बच्चे के लिए मैं तुम्हारे बच्चे की कुर्बानी लूँ? कैसे उचित हुआ यह?'

'हीरा, किस्मत के खेल निराले मेरे भैया....वक्त की यारी तो हर कोई करता है दोस्त, मजा तो तब है, जब वक्त बदल जाये, पर यार न बदले....तुम बस अपने काम पर मन केन्द्रित करो....जाओ और तैयारी शुरू करो। जबमेरी जरूरत पड़े, मुझे बुला लेना'

घर आकर हीरा सिंह ने दोनों पत्नियों को सारी बात बतायी, सबके आश्चर्यमिश्रित खुशी का ठिकाना न रहा....चेहरा ऐसा लगने लगा, मानो अब घर में बच्चे की किलकारियाँ गूँजने ही लगी हैं।

एक माह के बाद यही हुआ....तांत्रिक बाबा आये....बड़े आदर के साथ उनका स्वागत किया गया....पूजा-पाठ संपन्न हुआ....वो खाना खाकर

विदाई की सारी रस्म पूरी कर 5000 रुपए लेकर और अवशेष पूजन सामग्रियों को श्मशान घाट में एक नया गढ़्ढा खोदकर गाड़ देने का आदेश देकर चले गये। भोला सिंह को बुलावा गया, वो हीरा सिंह के साथ जाकर अवशेष बची सामग्रियों को श्मशान घाट जाकर एक नया गढ़्ढा खोदकर गाड़ आये....

बहुत कठिन घड़ी थी....। अब सब साँस रोककर एक साल तक इंतजार करते रहे....कि एक तरफ किलकारियाँ गूंजें और दूसरी तरफ करुण क्रंदन की आवाजें कब सुनने को मिल जायें। एक साल गुजर गया....कुछ न हुआ। ना तो इधर किलकारियाँ ही गूँजीं और ना ही उधर से करुण क्रंदन की आवाजें ही आयीं। भोला सिंह ने अपनी पत्नी और बच्चों को अपने इस फैसले से अभी तक अनजान ही रखा था। उन्हें मालूम था कि इससे एक नयी बाधा भी उत्पन्न हो सकती है। होना तो वैसे भी कुछ नहीं है, लेकिन इससे हीरा की आत्मा कराह उठेगी और भाइयों से तो वह जुदा होकर अकेला है ही, दोस्त से भी विश्वास खत्म हो जायेगा। एक तो ऐसे ही परिस्थिति का मारा हुआ है वह।

खैर एक साल बाद तांत्रिक बाबा फिर आये, फिर उनका स्वागत हुआ और उन्होंने एक बार फिर उस अनुष्ठान को कराने का परामर्श दिया। हीरा सिंह ने फिर भोला सिंह से बात की। भोला सिंह ने कहा कि 'तुम चाहे जितनी बार यह अनुष्ठान कराओ, हर बार उसे मैं गाड़ूँगा'।

फिर अनुष्ठान हुआ....पूजन सामग्री के अवशेष भोला सिंह हीरा सिंह के साथ फिर श्मशान घाट जाकर एक नया गढ़्ढा खोदकर गाड़ आये....फिर एक साल इंतजार हुआ....। लेकिन इसके बावजूद भी हीरा सिंह को कोई संतान की प्राप्ति नहीं हुई।

कालान्तर में उनकी पहली पत्नी रीता सिंह का अचानक हृदय गति रुक जाने के कारण देहान्त हो गया। वह किसी गहरे सदमें की शिकार थीं। बीमार पड़ते ही हीरा सिंह तुरंत उन्हें लेकर शहर के एक अस्पताल चले गये थे, लेकिन रास्ते में ही उनकी मृत्यु हो गयी थी। डाक्टर ने उन्हें वहाँ पहुँचते ही

मृत घोषित कर दिया था। अब हीरा सिंह और सरिता सिंह घर में अकेले हो गये। दोनों हमेशा उदास और भविष्य के प्रति चिंतित रहते। साथी तो बिछड़ने शुरू हो ही गये थे, इनमें से भी कौन कब निकल जाये, इसका डर अब सताने लगा था।

विपदा की इस घड़ी में हीरा सिंह को बस मित्र भोला सिंह का ही एकमात्र सहारा दिखता था। पत्नी सरिता सिंह के साथ खूब अच्छे से विचार कर हीरा सिंह ने भोला सिंह से उनका एक बेटा गोद लेने का प्रस्ताव रख दिया....भोला सिंह हीरा सिंह की मदद के लिए हर पल तैयार थे....बिना कुछ सोचे-समझे उन्होंने हामी भर दी। बस शर्त यही रखी कि 'मेरे तीन बेटों में से अपने लिए बेटे का चुनाव तुमको करना होगा, मुझसे यह नहीं पूछना कि मैं किस बेटे को दे रहा हूँ....इसमें मुझे दिक्कत हो जायेगी....' हीरा सिंह भोला सिंह की भावनाओं को समझ गये और इस प्रस्ताव को छोड़ दिया। वस्तुतः हीरा सिंह अपने भविष्य को लेकर बहुत चिंतित थे और उन्हें मालूम था कि किसी एक के धरती छोड़ने के पहले कोई स्थायी व्यवस्था करना बहुत जरूरी है....इसलिए वे भोला सिंह की परीक्षा ले रहे थे....उनके दिमाग में यह बात थी कि भोला के एक बेटे को तो वस्तुतः मैं पहले ही मार चुका हूँ....अब और कुछ ज्यादा माँगना सर्वथा अनुचित होगा। भाईयों से वे पहले से ही बिल्कुल नाउम्मीद थे.... इनके माता-पिता के मरते ही सबने इनकी पत्नियों को 'बांझ' और न जाने किन-किन शब्दों से इतना बेधा था कि आज भी वो शब्द याद आने पर इनका कलेजा छलनी हो जाता है। इस कारण इन लोगों से कोई संबंध न रखने की इन्होंने ठान ली थी। भाई सब तो संपत्ति की लालच में इनसे संबंध सुधारने को लालायित रहते ही थे।

कुछ दिनों बाद हीरा सिंह पत्नी के साथ अपने मित्र भोला सिंह के घर गये। दरवाजे पर मित्र हीरा को सपत्निक देखकर भोला सिंह, उनकी पत्नी और बच्चों की खुशी का ठिकाना न रहा। सब बाहर निकलकर उनका स्वागत किए और हाथ पकड़कर अंदर बैठकी में ले गये। सब वहीं बैठकर

पहले तो खूब हँसी-खुशी की बातें हुईं, खूब ठहाके लगे, आज अच्छे-अच्छे व्यंजन बने और दिन का खाना सबों ने इकट्ठे ही खाया। फिर थोड़ी देर विश्राम करने के बाद गंभीर मंत्रणा शुरू हुई, जिसके लिए हीरा सिंह भोला सिंह के घर सपत्निक पधारे थे। हीरा सिंह ने भोला के पूरे परिवार के समक्ष यह प्रस्ताव रख दिया कि 'भोला, मेरा और मेरी पत्नी का इस संसार में कोई नहीं है। हमेंशा इस बात का डर सताता है कि दोनों में से एक के गुजर जाने के बाद दूसरा रहेगा कैसे? कौन उसकी देखभाल करेगा?'

'बात तो सही बोल रहे हो। मुझसे कहो, मैं तुम्हारी क्या मदद करूँ?'

'मेरे मन में एक विचार आया है कि यदि मैं अपनी पत्नी के साथ तुम्हारे घर हमेंशा के लिए आ जाऊँ, तो तुमको कोई दिक्कत तो नहीं होगी? यहाँ तुम्हारे बच्चे भी हैं, सब संस्कारी भी हैं, इन लोगों के साथ हमलोगों की भी गुजर बसर हो जायेगी'।

कुछ देर तक भोला सिंह चुप ही रहे, सिर झुकाकर मन ही मन इसके अच्छे और बुरे परिणामों पर विचार किया, निर्णय लिया और पत्नी और बच्चों की ओर नजरें घुमाकर इशारों इशारों में उनकी सहमति/असहमति को जान लिया और फिर बिना किसी लाग-लपेट के सहर्ष तैयार हो गये और कहा कि-'हीरा, तुम्हारा प्रस्ताव सर्वथा स्वीकार है। हम मानवीय आधार पर पूरे परिवार सहित तुमको स्वीकार करते हैं। इसमें जो कठिनाइयाँ आयेंगी, उससे भी मैं अनजान नहीं हूँ, सब मुझे और मेरे बच्चों को तुम्हारी संपत्ति के लालच का हवाला देंगे और अभी मेरी इस सेवा का समाज के सामने कोई मूल्य नहीं रहेगा। लेकिन मैं मित्रता की कीमत चुकाऊँगा, यह मेरा वचन है। तुम मेरे बच्चों को लेकर जाओ, भाभी यहीं रहेंगी और अपने सारे सामान लेकर आ जाओ।'

हीरा सिंह पत्नी को वहीं छोड़कर भोला सिंह के बच्चों के साथ निकल गये और शाम तक अपने सभी सामानों के साथ भोला सिंह के घर पहुँच गये। हीरा सिंह के लिए भोला सिंह ने मुकम्मल व्यवस्था कर दी थी और अब ये वहीं रहने लगे....यह एक नये जीवन की शुरूआत थी, अवसाद

मिटने लगा था और चेहरे पर रौनक लौटने लगी थी। दोनों पति-पत्नी खूब खुश रहने लगे थे। भोला सिंह ने उनके रहने के लिए बहुत उत्तम व्यवस्था की थी....उनके लिए अपने नौकर को भेजकर दूर के ब्लाक मुख्यालय से अखबार तक मंगाया जाता था।

हीरा सिंह ने अपनी सारी संपत्ति तीन भागों में बांटकर भोला सिंह के तीनों बेटों को उनका उत्तराधिकारी घोषित कर दिया। यह कार्य इतने गोपनीय ढंग से हुआ कि हीरा सिंह के भाईयों को इसकी खबर तक नहीं लगी। जिन्दगी खूब सुचारू रूप से चलने लगी। लेकिन हीरा सिंह के भाग्य में खुश रहना लिखा ही नहीं था, सरिता सिंह चल बसीं और हीरा सिंह पर दुःखों का पहाड़ टूट पड़ा। भोला सिंह ने उन्हें हिम्मत दी और अब दोनों मित्र साथ-साथ ही रहने लगे....दोनों साथ-साथ ही सब जगह घूमने जाते। भोला सिंह एक पल के लिए भी हीरा सिंह को अकेला नहीं छोड़ना चाहते थे। और भगवान से प्रार्थना करते कि प्रभु, हीरा सिंह को मेरे सामने ही उठा लीजियेगा।

समय कब ठहरता है....उसकी तो अपनी गति है। एक दिन हीरा सिंह का भी देहांत हो गया। उस दिन भोला सिंह खूब रोये थे। उनका पूरा परिवार बहुत दुःखी हुआ था। बहुत धूमधाम से उनका क्रिया कर्म किया गया और तेरहवी के दिन पूरे गाँव का चुल्हा नहीं जलने दिया गया और तीनों शाम सभी ग्रामीणों का उनके घर ही भोजन की व्यवस्था की गयी। दूर के गाँव से भी ब्राह्मणों और दरिद्रों को बुलाकर भोजन कराया गया और इस प्रकार एक कहानी का अंत हुआ। हीरा सिंह और भोला सिंह की दोस्ती आज भी उस इलाके में एक मिसाल के तौर पर याद की जाती है।

बाद में भोला सिंह ने हीरा सिंह की सारी संपत्ति एक ट्रस्ट को दान कर दी, उस ट्रस्ट के माध्यम से एक वृद्धाश्रम खुलवाया, जहाँ वृद्धों की सेवा बिना किसी स्वार्थ के की जाती है और उस वृद्धाश्रम का नाम पड़ा 'हीरा-रीता-सरिता वृद्धाश्रम'।

मधु अयन

सुदामा सिंह

साहित्यिक नाम	:	मस्त कलम
पिता	:	स्वः दुली चंद्र सिंह
माता	:	स्वः कौशिल्या सिंह
जन्म स्थान	:	छितवापुर, लखनऊ
कार्य क्षेत्र	:	सेवानिवृत प्रिंसिपल भारतीय रेल सेवा
वर्तमान पता	:	उपासना भवन, हनुमत नगर, पहाड़ गंज रोड, फैज़ाबाद, अयोध्या
संपर्क सूत्र	:	9415121202

छात्र जीवन में सर्वप्रथम 'भारतीय इतिहास का एक स्वर्णिम पृष्ठ' एंव कहानी 'मालिक की राह पर' प्रकाशित हुई। पहली बार 'दो कलाकार' नाटक में अभिनय किया। रंगमंच की ओर रुझान होने के कारण संगीत नाटक अकादमी से स्वः पृथ्वीराज कपूर एंव ख़्वाजा अहमद अब्बास के संरक्षकत्व में नाट्य लेखन एंव अभिनय का प्रशिक्षण (डिप्लोमा) प्राप्त किया। सन् 1964 में दो लघु नाटिका 'जवानों की सिस्टर' और 'भूत का चक्कर' आकाशवाणी से प्रसारित किया गया। रंगमंच के प्रति अभिरुचि बढ़ने पर कई नाटक 'मीर मुंशी', 'आदमी और आदमी', 'चंबल का पागल', 'चीख'

'परछाइयाँ' और 'एक बेनाम नाटक' लिखा और मंचित किया गया। किरन मित्रा द्वारा लिखित बांग्ला नाटक 'नाम नेई' का 'नाम नहीं' के नाम से अनूदित किया एंव अभिनय के साथ मंचन किया। इसके बाद पत्रकारिता में प्रशिक्षण प्राप्त करने के बाद समाचार पत्रों में व्यंग स्तभ लिखने लगा। कलकत्ता से प्रकाशित 'दैनिक विश्वामित्र', वाराणसी से प्रकाशित 'दैनिक जनवार्ता' एंव 'गाण्डीव' में मस्तकलम के नाम से लिखता रहा। सेवानिवृत के बाद लखनऊ व फ़ैज़ाबाद से प्रकाशित 'दैनिक जागरण' में सरयूतीरे स्तम्भ में रामबोला के नाम से लिखता रहा। फिलहाल फ़ैज़ाबाद से प्रकाशित 'दैनिक जनमोर्चा' में 'दायरा' और 'अपना शहर अपनी नज़र' के साथ 'डेली न्यूज़ एक्टिविस्ट' लखनऊ संस्करण में 'बतरस' लिख रहा हूँ। और आकाशवाणी फ़ैज़ाबाद से जुड़ा हूँ। प्रसिद्धि से दूर रहने के कारण गुमनामी के अंधेरे में रहना अच्छा लगता है। प्रथम पुस्तक 'बतरस' का प्रकाशन प. विश्वनाथ शोध संस्थान अयोध्या के सौजन्य से वर्ष 2017 में हुआ। दूसरी व्यंग्य विधा की पुस्तक 'दायरा' प्रकाशनाधीन है।

विक्रमशिला हिंदी विद्या पीठ झारखंड के 15 वें वार्षिक साहित्य सम्मेलन ने विद्यापीठ के उपकुलपति द्वारा साहित्य सेवा के लिए 'भाषारत्न' एवं 'व्यंग्यविद्या शिरोमणि' के स्वर्ण पदक से अभिनंदन किया।

2018 में आसनसोल पश्चिम बंगाल की संस्था आस्था द्वारा सम्मानित सम्मानित किया गया।

'माँ'

माँ, माई, मैय्या, माता के साथ जुड़ी 'ममता'। अर्थात सम्पूर्ण जगत। ममता का महासागर। स्नेह की सहस्त्रधारा। कदमों में जन्नत की बेपनाह खुशी। अनगिनत सिंहासनो का असीमित सुख उसकी गोद। ऐसी माँ के रूप का वर्णन करने के लिए यदि तमाम आकाशगंगाओ को शब्द-रूप में लिख दिया जाय तो भी नहीं किया जा सकता है। नहीं भूल सकता हूँ उस परम-पवित्र 'माँ' के लिए लिखी गई इन पंक्तियों कोः

वह आंखें क्या आंखें हैं, जिसमें आँसू की धार नहीं,

वह दिल पत्थर है, जिस दिल में माँ का प्यार नहीं।

आज अपने जीवन के 77वें बसंत को पार करते हुए जब कभी बड़ी शिद्दत से अपनी माई या माँ को याद करता हूँ तो आज भी अपने को 'घुटुरन चलत रेनु तनु मंडित' अनुभव करके आल्हादित हो उठता हूँ। जैसा उनका नाम कौशिल्या था। उसी प्रकार उनका स्वभाव भी था। उनमें मेरी समझ से यशोदा और कौशिल्या का मिला-जुला रूप था। यद्यपि शिक्षा तो न के बराबर थी किन्तु मेरी तालीम पर जितना पिताजी का ध्यान होता था उससे कहीं अधिक माँ का हुआ करता था। कहने को तो मैं इकलौता पुत्र था और तीन बच्चों की मौत के बाद बदकिस्मती के साये में मेरा जन्म हुआ था। अपनी पवित्र माँ के अमृत समान दूध में जहां मुझे प्रेम और सद-व्यवहार की पौष्टिकता भरी मिठास मिली वहीं उनके मार्गदर्शन से जीने की एक नई राह मिली।

कहते हैं कि अक्सर इकलौता बेटा अधिक दुलार-प्यार पा कर नालायक हो जाता है किन्तु धन्य हूँ मैं, कि ऐसी महान माता की पवित्र कोख से जन्म लिया जिसने मुझे कलियुग में सत्ययुग, त्रेता और द्वापर का मिला-जुला संस्कार दिया। इस संबंध में बता दूँ कि प्रातःकाल माँ मुझे साथ लेकर पूजा करती थी और सायंकाल पिताश्री के साथ संध्योपासना में बैठना पड़ता था।

बस छूट इतनी होती थी कि भले मैं दस मिनट बैठूँ किन्तु उनके साथ बैठना अनिवार्य था। उसी संस्कार ने मेरे मन में अनुशासन आस्था और अपनत्व की भावना जाग्रत की। मेरे एहसास ने यक़ीन की आँखें खोल दीं कि बालक के चरित्र-निर्माण में माता की भूमिका अहम होती है।

मुझे बताया गया कि मैं बचपन में बहुत जिद्दी स्वभाव का था। मई-जून की तपती दुपहरिया में, कटकटाती सर्दी तथा झमाझम बरसते पानी में माँ से कहता था मुझे बाहर लेकर बैठो। मरती क्या न करती एकमात्र जिगर के टुकड़े के लिए धूप-बतास सब हँसते-हँसते सहन करने को तैयार रहती। तब तो नहीं, क्योंकि 'लड़कपन खेल में बीता, जवानी नींद भर सोया, बुढ़ापा देख के रोया' अब ज़िंदगी कि आखिरी दहलीज़ पर पहुँचने के बाद माँ के उस अगाध प्यार और बेपनाह त्याग को याद कर-कर के सोचता हूँ 'कितनी होती है प्यारी, कितनी होती है भोली माँ'। ऐसी त्याग-तपस्या की प्रतिमूर्ति माँ का बदला कोई किसी जन्म में नहीं चुका सकता है। हाय, वह मंज़र। भूखे-प्यासे दरवाज़े पर घंटों खड़े रह कर अपने लाडले का स्कूल से लौटने का इंतज़ार करना। मेरे इम्तिहान के समय मेरे साथ रात के दो-दो बजे तक जागना और सुबह फिर पाँच-छः बजे तक उठा कर खुद घरेलू काम में जुट जाना कम बात नहीं थी। उनकी दयालुता के चर्चे मोहल्ले भर में प्रसिद्ध थे। घर में झाड़ू-पोंछा लगाने वाली से लेकर दर्ज़ी-धोबी तक को बिना चाय-पान कराये जाने नहीं देतीं थीं। आज माँ के उस कठिन परिश्रम को याद करते हुए इन पंक्तियों में उत्तर पाता हूँ।

'जान लिया मैंने रहस्य अब

क्यों जप करती रहती हो !

मुझे 'शतायु' बनाने को ही

यह दुख प्रतिफल सहती हो !!

सचमुच, इसीलिए सभी धर्मों और सभ्यताओं में 'माँ' को सर्वोच्च स्थान

दिया गया है। कभी-कभी ख़्याल आता है कि जब परिवार की पालनहार एक 'माँ' इतनी ममतामयी है तो अखिल ब्रह्मांड की पालनहार 'माँ' कैसी होगी? दया की श्रोत और ममता रूपी मानसरोवर।

आज मैं जब अतीत की गहराइयों में झाँकता हूँ तो आश्चर्य होता है की एक अनपढ़ माँ के दिल में साहित्य के प्रति इतनी रुझान कैसे आई कि उसने अपने बेटे को कुछ लिखने की प्रेरणा दी। मैं तो यही सोचता हूँ कि उस रूप में माँ सरस्वती स्वयं मेरे गरीब परिवार में अवतरित हुई थीं। लोग भले इस पर यकीन न करें किन्तु विनम्र निवेदन है कि इसे कोई अतिशयोक्ति न समझे। यकीन मानिए ! उन दिनों मैं क्लास सात-आठ का छात्र था। मुझे पंद्रह अगस्त उन्नीस सौ सैंतालीस (प्रथम स्वतन्त्रता दिवस) के सुअवसर पर विद्यालय-पत्रिका के लिए लेख लिखने को दिया गया था 'भारतीय इतिहास का एक स्वर्णिम पृष्ठ'। पिताजी की नज़र में वह फालतू काम था जबकि पिताजी खुद अपने समय के एक अच्छे लेखक एवं नौटंकी शैली के बेहतरीन कलाकार रह चुके थे। पर उनका कहना था कि पहले तालीम पूरी करने के बाद दूसरी तरफ ध्यान देना है। माँ की जानदार दलील होती थी कि बालपन से ही किताबी तालिम के साथ रुचि के अनुसार रियाज़ भी चलना चाहिये वरना बालक की प्रतिभा अवरुद्ध हो जाती है। मुझे याद है कि सन उनीस सौ बासठ में चीन ने भारत पर आक्रमण कर दिया था। नेशनल कैडेट कोर के 'सी' सर्टिफिकेट पास कैडेटों को वरीयता के साथ 'इमरजेंसी कमीशन' देने के लिए डिफेंस अकादमी देहरादून भेजा जाने लगा। उनमें मैं भी माँ के आशीर्वाद से एक था। किन्तु सेना में जाने की बात सुन कर अपनी माता जी के आँख से आँसू नहीं थम रहे थे। सकुशल पास आउट होने के बाद जब पोस्टिंग होने लगी तो आर्मी हेड-क्वार्टर से सूचना दी गई कि मेरी आयु १३ दिन ओवर है इसलिए पोस्टिंग नहीं दी जा सकती। देश-सेवा का जज़्बा रखने वाले एक युवा के लिए तो सामने से परोसी गई भोजन की थाली खींच लेना जैसा हुआ। मेरे बैच के पास-आउट हुए साथियो को भी बहुत दुख हुआ। किन्तु मेरी माता-श्री को तो जैसे मांगी मुराद मिल गई हो। मैं

यहां एक बात की चर्चा करना भूल गया। उन दिनों किसी फिल्म का एक गीत 'मत रो माता लाल तेरे बहुतेरे' बहुत प्रसिद्ध हुआ था। जब भी माँ वह गीत रेडियो पर सुनती और मुझे फुल सैनिक-यूनिफ़ार्म में देखती तो बस फूट-फूट कर रोना शुरू कर देती। कभी-कभी तो मेरा भी दिल भर आता। बहुत मंथन करने के बाद इस निष्कर्ष पर पहुंचा कि एक माँ का रोना दूसरी माँ से देखा नहीं गया होगा। उस जगत-जननी माँ ने एक ओर मेरी भी साध पूरी कर दी और दूसरी ओर एक माँ की ममता का भी ध्यान रखा। अनुशासन में परिपक्वता का श्रेय मैं अपनी माता को ही देता हूँ। कोटिशः धन्यवाद माँ। वास्तव में तुम एक महान शिक्षिका थी। प्यार-प्यार में मुझे जीने के काबिल बना दिया। सब को सब कुछ नसीब नहीं होता पर मुझे हुआ। मुझे यह कबूल करने में तनिक संकोच नहीं होता कि उस माँ ने एक अबोध बालक का सर्वोमुखी विकास किया।

लिखने को तो बहुत कुछ है पर मेरे पास शब्दों का अभाव है। बस एक ही बात है कि 'माँ' बस 'माँ' होती है 'दूजों न कोई'। नास्तिक मैं इसलिए हूँ कि मैं भगवान को नहीं मानता किन्तु आस्तिक इसलिए हूँ कि 'माँ' ही मेरे लिए सर्वोपरि हैं जिसे मैंने देखा, सुना और समझा। जिसने मुझे शक्ति दी, प्रेरणा दी और जीने की कला सिखलाई।

बस कसक इतनी सी है कि उस माँ की अर्थी में कंधा नहीं लगा सका था, परंपरानुसार मुखाग्नि नहीं दे सका था। उन दिनों मैं साहिबगंज (अब झारखंड में) रेल-सेवा में था। वहाँ से उस समय कोई सीधी ट्रेन नहीं थी। पश्चाताप की आग में अपनी बदनसीबी को लेकर झुलसता रहा। उस समय भी माँ ने अपना चमत्कार दिखाया। उनके दिवंगत होने के लगभग एक-दो महीने बाद मालदा-टाऊन से फ़ैज़ाबाद होकर फरक्का एक्सप्रेस का संचालन शुरू हुआ जिससे मेरे जैसे दूसरे बेटे अपने माँ-बाप के जनाज़े में समय पर शामिल हो सकें। धन्य है माँ !

वे जांच के घेरे में....

अब बात कहाँ तक सही है या गलत, कह नहीं सकता हूँ। क्योंकि कोई

भी पत्रकार बेचारा आजकल सुनी-सुनाई बातों से स्टोरी बना कर अपने अखबार को हरदिल-अज़ीज़ बनाने की कोशिश में गली-गली की खाक छानता फिरता है। खबर है कि कोई बच्ची स्कूल से ही किडनैप कर ली गई। चौथे दिन बच्ची का क्षत-विक्षत शव किसी आम की बाग में मिला। गौरतलब बात तो यह है कि न तो किसी लेखपाल के नक़्शे में बाग दर्ज़ है और न उस हल्के की पुलिस को ही पता है। परिवार वालों को 'कार्रवाई की जा रही है' का आश्वासन मिलता रहा। अलबत्ता राजनैतिक-दलों को चपातियाँ सेंकने का मौका मिल गया। दो दिन बाद ही कोई बुजुर्ग किसी बैंक से कुछ रुपए निकाल कर जैसे ही बाहर निकला कुछ युवा लाडले लबेसड़क छीन कर नौ दो ग्यारह हो गए। इस तरह की वारदातों से सत्ता से लेकर सिपाही तक सभी परेशान हैं। पब्लिक की बात छोड़िए। पब्लिक तो रोम जल रहा है और वह नीरो की वंशी की धुन पर थिरकने में यकीन करती है। बात धीरे-धीरे स्वर्ग तक पहुँचती है तो वहाँ भी हड़कंप मच गया। स्वर्गवासियों का भी एक शिष्टमंडल नारदजी से मिलता है और सभी की ओर से एक "मेंमोरेंडम" दिया जाता है कि उस शस्य श्यामला भूमि में यह क्या हो रहा है जहां आज भी रामराज्य का डंका पीटा जारहा है? स्मार्ट इंडिया के ढ़ोल पर थिरका जा रहा है। वहाँ के चीफ-जस्टिस के पास मामला पहुंचा तो उन्होने 'नारदजी' की सरपरस्ती में एक जांच-कमेंटी का गठन कर दिया। काफी माथा-पच्ची करने के बाद सारे आरोपों की जड़ में दो लोगों का नाम आया एक तो चित्रगुप्ता और दूसरे यमराज का। चित्रगुप्ता की साजिश से ही कई लोग उस पवित्र भूमि को करोड़ो रुपये की चपत लगा कर टेम्स और दजला-फरात में डुबकी लगाने चले गए। गोताखोर अभी उन्हें ज़िंदा या मुर्दा तलाश करने की कसरत में जूझ रहे हैं। गरीब-गुरबे जब अपनी गरीबी का रोना रोते हैं तो चित्रगुप्ता कह कर टाल देते हैं कि भाई मैं क्या करूँ? तुमलोगों की किस्मत लिखते वक़्त कलम ही ससुरी गुम हो गई थी। रिपोर्ट ऊपर तक की गई लेकिन स्टोर में कमी की वजह से दूसरी कलम ही नहीं मिली। रही कम्प्यूटर की बात तो सर्वर डाउन चल रहा है। अब जाओ बड़े बाबू से मिलते रहो मुमकिन है कि वह अपनी घिसी-पिटी कलम से कुछ कर सकें। थके-हारे

गरीबों में से कुछ लोग गाने लगे, 'देख जनम की चक्की ओ संसार चलाने वाले'। तभी तो 'दुनिया में गरीबों को आराम नहीं मिलता'। किसी ने जोश में आकर ज़ोर का नारा लगाया, 'जब तक भूखा इंसान रहेगा,धरती पर तूफान रहेगा'। जनाब चित्रगुप्ता ने अपनी बेइज्जती समझ कर उसे अरेस्ट करने का हुकुम दे दिया। बुरा तो लगा होगा नारदजी को भी लेकिन मामला लॉ ऐंड ऑर्डर का समझ कर चुप रहना ही बेहतर समझा होगा। चलिये इसको तो बड़े सरकार से मिले ठंडे बस्ते में डाल कर मुजरिम नंबर दो की ओर बढ़ते हैं। वह हैं माननीय यमराज जी जिनके पास पूरी लिस्ट होती है कि कब किसको रिटायर करना है? उन्हें पूरी तरह से हिदाएत दी गई है कि जैसे वह अपने ऑफिस में लगे सीसीटीवी पर देखें कि धरती पर किसकी अर्थी श्मशान या कब्रिस्तान की तरफ बढ़ रही है फौरन उसके स्वागत की तैयारी करना शुरू करदे जिसका कोई लेखा-जोखा या आडिट नहीं किया जाएगा। मरने वाले की हस्ती देख कर उसका खैरमकदम किया जाये। यह जरूर देखा जाए कि अर्थी या जनाजे के साथ कितनी भीड़ थी और सैनिको के सम्मान में भले चूक हो जाये मगर माननीयों के मामले में कोई चूक नहीं होना चाहिए। खैर यह तो रही उनकी व्यवस्था। हमको आपको इससे क्या लेना देना?

नारद जी ने यमराज यानि आरोपी नंबर दो को तलब कर लिया। नारदजी ने आरोप पढ़ते हुए कहा कि आप पर पहला आरोप यह लगाया गया है मिस्टर यमराज कि आप जिसको चाहते हैं बिना अग्रिम सूचना दिये हुए धरती से रिटायर कर देते हैं। जबकि नियम यह है कि रिटायर होने वाले को कम से कम छह माह पूर्व नोटिस दी जाय। मगर आप तो आखिरी वक्त तक कोई नोटिस नहीं देते हैं जिससे भुक्तभोगी पहले से अपने कफन-दफन और बाल-बच्चों के भरण-पोषण का इंतजाम कर सके। आप जानते हैं कि कल को मानवाधिकार वाले केस कर देंगे तो हम क्या जवाब देंगे? हमसे समझदार तो धरती वाले हैं कि उन्होंने बकायदा किसी कर्मचारी के लिए नियम बनाया है कि अगर कर्मचारी खुद नौकरी छोड़ना चाहता है

तो वह कंपनी को पहले से नोटिस देगा और कंपनी यदि उसे निकालती है तो भी पहले से वजह बताते हुए नोटिस जारी करेगी। पर आपने तो वही किया जैसे रातोंरात बिना किसी को कानों-कान सूचित किए नोटबंदी और जीएसटी लागू कर दी गई। एक दो केस में खतरे की नज़र से ऐसा करना कोई गुनाह नहीं हो सकता है। लेकिन जनाब वहाँ भी गलती हुई है। एक ही धरती के टुकड़े-टुकड़े कर देना। दूसरी तरफ अखंडता की दुहाई देना। मिस्टर यमराज आप अच्छी तरह जानते हैं कि यह दुनिया की सबसे बड़ी अदालत है। इसी का असर दुनिया पर पड़ रहा है।

आप पर दूसरा सबसे गंभीर आरोप यह है कि आप अपने काम के प्रति लापरवाह दिख रहे है। बिना कारण बताए आपने संविदा पर तमाम लोगों को बहाल कर लिया है जो मनमाने तरीके से किसी मासूम को बलात्कार का शिकार बना रहे हैं, किसी को ट्रक से कुचल रहे है या किसी को कर्ज़ की न अदायगी पर फांसी पर झूलने पर मजबूर कर रहे हैं और किसी को नदी या तालाब में छलांग लगा कर रिटायर होने पर विवश कर रहे हैं। रिपोर्टें बताती है की ऐसी और इतनी बेहिसाब घटनाएँ पहले नहीं होती थी। आप अपने आवास में बैठे हुए मौज से मलाई काट रहे हैं। आप का काम मनमाने ढंग से लबे सड़क पुलिस सहायता केन्द्रों के अरीब-करीब शातिर लोग कर रहे हैं जिनसे पब्लिक त्रस्त हो रही है। नारद जी कलम को माथे पर ठोकते हुए बहुत दुखी होकर बोले, 'आप लोगों ने तो स्वर्ग की व्यवस्था को बदनाम कर दिया और रामराज्य को भी'। लोग बेचारे कितने अंधभक्त हैं कि आज भी उन्हें स्वर्ग के संविधान पर आस्था है और अपनी किस्मत को ही दोषी मानते हैं। हमारे खिलाफ बोलने वालो का मुंह तक नोंच लेने को उठ खड़े होते हैं। ठीक है अगली बार जब हाजिर हो तो आपलोग अपनी सफाई के साथ उपस्थित हों। तब तक आप हिरासत में रहेंगे....।

अशोक कुमार वर्मा

पिता	:	स्व. नरेश मोहन वर्मा
शिक्षा	:	स्नातक (लॉ)
जन्म तिथि	:	4 जुलाई 1957
प्रकाशित रचनाएँ	:	1978 में मात्र एक कहानी संग्रह प्रकाशित, पत्र-पत्रिकाओं में छिटपुट प्रकाशन, आकाश-वाणी भागलपुर से रचनाओं का नियमित प्रसारण, नर्मदा के रत्न साझा काव्य संकलन, साहित्य के प्रकाश पुंज साझा कहानी संकलन।
पता	:	भीखनपुर, 12 नम्बर, गुमटी, भागलपुर, बिहार। (मो.) 8862971763

मेल : ashokkumarvermaksa@gmail.com

टूटा हुआ सपना

दो सालों से वह लगभग बीमार ही चल रहा था। लेकिन इतना नहीं कि चिंता की कोई बात हो। बच्चा है, छोटा सा है, बोल तो नहीं सकता न। लेकिन बीमार तो रहता ही है। जब बीमार होता, बिल्कुल सुस्त हो जाता।

तीसरा साल। बीमार कुछ ज्यादा रहने लगा है।

1998, चौथा साल, साल का उत्तरार्ध, कष्ट भरा, अंतिम तीन-चार महीने में शरीर पर बड़े-बड़े फोड़े उभर आए। उठने-बैठने, करवट बदलने में भी भयंकर तकलीफ। बिलकुल असहज।

इलाज तो पहले से ही चल रहा था फिर भी चांदसी को दिखाया, समीर बाबू को दिखाया, कातो बाबू को भी दिखाया। लोगों के कहने पर 'गद्दी' पर भी ले गए। मरता क्या नहीं करता। लेकिन सब बेकार। अफसोस, भगवान को प्यारा हो गया। लोग कहते हैं कि 'कैंसर' हो गया था। बहती हुई अश्रुधारा थमने का नाम नहीं।

मानो सपना ही टूट गया।

साल 2013

साल 2013 अमावस की श्वोश्काली अंधेरी रात। हवा में भी जबरदस्त सरसराहट। सूना घर। प्रसव वेदना। रात्रि के 11 ही बजे हैं अभी तक। आधी रात से भी ज्यादा बाकी। प्रसव वेदना की छटपटाहट बढ़ती हुई। अगर कहीं कुछ हो गया तो...? यक्ष प्रश्न।

सुबह पुलिस आएगी। लाश पोस्ट मार्डम के लिए भेजे जाएंगें। कौन, कब, कहाँ, कैसे? पूछ-ताछ जारी। पुलिसिया तांडव। धमकाने की प्रक्रिया भी। फिर मोल-जोल। न बाबा न, घर में पैसे नहीं हैं। इस चक्कर में कहीं घर ही बेचना न पड़ जाए।

प्रसव वेदना बढ़ती हुई। झटपट टेबल खींचा। कागज-कलम निकाला।

लिखना शुरू किया।

ओह, प्रसव वेदना का तेज प्रकटीकरण। कागज पर कलम दौड़ती हुई दुगनी रफ्तार से। और तेज,और तेज।

शरीर में जबरदस्त दर्द का एहसास, ऐंठन, लगता कि अब प्राण गए......कि गए....ओह.....।

लह......लहें......लहें

शरीर निस्तेज,निढाल, सुस्ती, सोने की इच्छा। घड़ी पर नजर। सुबह के आठ बज गए थे। नहीं....नहीं। काम बहुत हैं। धोना-पोंछना भी होगा।

अलमारी खुला। नये कपड़े। नहीं-नहीं।

याद आने लगी दादी की सुनाई कहानी। मरोछ बच्चा। दो पैसे में पड़ोसन को बेचती। पड़ोसन भी तेल-कुढ़ लगाती, सामने ही कान के उपर बड़ा सा काला टीका लगाती। दो घंटे बाद हँसती हुई माँ से बड़ा होने पर वापस कर ने का आश्वासन लेती, बच्चा माँ को सुपुर्द कर देती। माँ भी काला नजरा माला पहनाती। कपड़े के उपर ही रखती। किसी की नजर लगे तो माला ही टूटे, बच्चा बच जाए। नाम भी टेंगरा, पोठिया, घोंघना, टूटुकवा-फूटुकवा आदि न जाने कौन से उलूल-जुलूल नाम रखती।

खुशी दुगनी हो जाती। काले घुंघराले बाल, कमर में कमरधनी, हाथ-पैरों में मठीया, जगमग-जगमग। कातिल मुस्कुराहट। हमेशा बतीसी बाहर। एक दम सूरदास का कृष्ण। मन बड़ा ही पुलकित-मुदित।

क-ट-र, क-ट-र

क्या खा रहा है रे? मिट्टी तो नहीं। आ-आ-कर।

चाक-लेट,चाक-लेट

चाकलेट,अच्छा-अच्छा।

नहीं-नहीं। नहीं जाना बर्थ डे पार्टी में। आज कल के बच्चे बड़े शातिर

होते हैं। 'तुम्हारा बर्थ डे पार्टी कब है' पूछने लगेंगे जब तुम्हारा पहला बर्थ डे पार्टी हो जाएगा न। तब चलेंगे। ठीक है न।

रुपये बीस हजार। जी हाँ, बीस हजार में डेकोरेशन वाले से पूरे मकान को एलइडी से सजाने की बात है। रसोइया भी पक्का आठ हजार में। खाना-चिकन बिरयानी, चिकन कोरमा, शाही पनीर, राजा राम का रसगुल्ला, राजभोग का संदेश, चाउमीन, पास्ता, गोलगप्पा। हाँ-हाँ आइसक्रीम भी। रोलैक्स का काजू क्रीम वाला एक सौ रुपये कप बाला आइसक्रीम।

अरे-रे-रे। जगह तो छोटा पड़ जाएगा। बड़ा-सा हाल बुक कराना पड़ेगा। कार्ड अभी फाइनल न करे। प्रेस को भी फोन कर ना पड़ेगा।

बड़ा सा 'केक'। डिलेसियस। बेकरी वाला भी हैरान। पहला बर्थ डे। इतना बड़ा केक।

अरे, तुम्हारा क्या? तुम्हें पैसे मिल रहे हैं न। मगज क्यों खा रहा है?

एक कमरा। बड़ा सा टेबल। टेबल पर सिर्फ और सिर्फ केक। केक पर एक मोमबत्ती जलती हुई। पहला बर्थ डे। सबके चेहरे पर मुस्कान।

हैप्पी बर्थ डे टू यू। मैंनी मैंनी हैप्पी रिटर्न आफ द डे।

ऐसा लगता था कि तालियों की गड़गड़ाहट से और हैप्पी बर्थ डे टू यू की आवाज से मानो कमरे का छत ही न उड़ जाए। वेटर जल्दी जल्दी केक सर्व कर रहा था।

लेडिज एंड़ जेंटिलमैंन डायनिंग हाल में डिनर लग चुका है। सभी ख्यातिन हजरात से गुजारिश है कि वे डायनिंग हाल में तशरीफ ले आएं।

गिफ्ट का पहाड़ ऊँचा होता हुआ। सभी बच्चे को दुलार रहे थे। पुचकार रहे थे। उँगलियाँ चाटते हुए सभी के चेहरे पर तृप्ति का भाव।

आज टूटा हुआ सपना फिर से मुक्कमल आकार ले रहा था।

दहलीज

दहलीज पर खड़ी राखी माँ को थके कदमों से जाते हुए देख कर अंदर तक डोल गई थी। ताक रही थी रास्ते को। निमंत्रण दे कर माँ लौट गई थी अपने घर। मन अवसाद और क्षोभ से भर उठा था राखी का। माँ के कहे शब्द कानों में रह-रह कर गूँज रहे थे। माँ का झुर्रीदार चेहरा नजरों के सामने घूम रहा था। सामान्य नहीं हो पा रही थी वह। कितने पल यूँ ही बुत की तरह खड़े-खड़े गुजार दिए उसने। एहसास भी नहीं हुआ समय का।

शेखर को आता देख संभाला था अपने आप को। अंदर कमरे में आ गई थी वह।

शेखर से उस की उदासी छुप ना सकी। चाय पीते हुए शेखर ने अपने कलिग की बातों से राखी को बहलाने का प्रयास किया। वह अन्यमनस्क, सामने सोफा पर चाय पीती रही। कोई प्रतिक्रिया नहीं दी।

शेखर ने उसकी मनःस्थिती को भांपते हुए चुप रहना ही बेहतर समझा। शादी के पन्द्रह सालों में कभी भी इस तरह उदास नहीं देखा था। आज उसकी उदासी उसे भी बेचैन कर रही थी। पूछने की हिम्मत नहीं जुटा पा रहा था शेखर।

'आज माँ आई थी।'

खाने के टेबल पर राखी ने चुप्पी तोड़ते हुए शेखर से कहा तो वह भी एकचका गया।

'माँ–' सोचने लगा वह।

राखी की माँ तो अब इस दुनिया में नहीं है। उसे याद हो आया। रमेश की माँ को राखी माँ ही कहती है। आगे की बात सुन ने के लिए शेखर ने सर उठाया तो राखी ने बताया।

'माँ ने अपने गाँव में एक शिवालय बनवाया है। जिस में अग्रहण पच्चीस

को प्राण-प्रतिष्ठा के लिए पूजा होनी है। पूजा के लिए हम लोगों को बुलाने आई थीं।'

फिर रूककर उस ने कहा–

'माँ ने अपने दस एकड़ जमीन से पांच एकड़ जमीन मेरे नाम कर दिया है और दो एकड़ जमीन मंदिर में दान कर दिया है प्राण-प्रतिष्ठा की पूजा के बाद बचे तीन एकड़ जमीन बेच कर वे चारों धाम की यात्रा पर चली जाएगी। फिर वापस नहीं आएगी। ऐसा उनका विचार है।'

शेखर ने महसूस किया, उस की आवाज में कंपन है। उस की आंखों की कोरों में आंसू छलक आए हैं। जबरन वह आंसू रोकने का प्रयास कर रही है। उस की थाली पर नजर पड़ते ही अवाक रह गया था शेखर। खाना यूँ ही पड़ा रह गया था। राखी ने कुछ भी नहीं खाया था। शेखर ने उठकर राखी को बच्चों की तरह कलेजे से लगाया तो उस के सब्र का बांध टूट गया। फूट-फूट कर रोने लगी। आंसू उस के रुक ही नहीं रहे थे। शेखर ने भी रोने दिया उसे। चुप कराने का कोई प्रयास नहीं किया। शायद रोने से मन कुछ हल्का हो जाए। सोचा उसने।

'बहु, तुझे तो सब कुछ मिल गया। मैं ही अनाथ हो गई।'

माँ के कहे ये शब्द कलेजे में तीर की तरह चुभ रहे थे राखी को।

रमेश अपने माँ की इकलौती संतान था। पिता की मृत्यु बचपन में ही हो गई थी। माँ ने बड़े ही लाड़-प्यार से पाला था उसे। वह बड़ा ही समझदार और पढ़ने में तेज था। दस किलोमीटर दूर के एक कसबे के बैंक में पी ओ हो गया था। राखी भी पढ़ी लिखी, सुंदर और सुशील थी। शादी से दोनों बहुत खुश थे। लेकिन उन्हें क्या पता था कि उनकी खुशी चंद दिनों की मेहमान है।

हनीमून से लौटने के बाद बाईक से रमेश अपनी ड्यूटी ज्वाइन करने बैंक जा रहा था कि पीछे से आती हुई ट्रक ने टक्कर दे मारी। स्पाटडेथ हो गई थी उस की। रमेश की मृत्यु के बाद पागल सी हो गई थी राखी।

समय के साथ राखी के जख्म भरने लगे थे। गाँव वालों के प्यार ने उसे

सहारा दिया, अपनापन दिया। अब वह ससुराल में गाँव की बेटी की तरह रहने लगी थी। क्या छोटे, क्या बड़े सभी उसे बहुत प्यार करते। वह थी भी वैसी। हर किसी की मदद करती। बच्चों को पढ़ने में मदद करती, औरतों को सिलाई-बुनाई में। हल्की-फुल्की बीमारियों में दवा बता देती। पास में रहने पर दे भी देती। इस तरह सारा गाँव ही जैसे उस का घर हो और वह गाँव की बेटी।

दशहरा में लड़कियों के संग मेला घूम आती। होली में लड़कियों के संग गाँव में हुड़दंग मचाती। लेकिन वह किसी को रंग नहीं डालती, कोई उसे रंग नहीं डालता। वह रंग-अबीर छूती भी नहीं थी। श्रृंगार के नाम पर हाथ में दो सोने की चूड़ियां, बस। माथे पर बिंदिया या पहनावे में कोई तड़क-भड़क नहीं होता।

शेखर की बड़ी बहन का विवाह उसी गाँव में हुआ था। उस के जीजाजी बड़े काश्तकार थे। गाँव में रहते हुए भी उनके घर शहर जैसी सारी सुख सुविधा थी। संयुक्त परिवार था उनका। शेखर भी इस बार होली में बड़ी बहन के पास आया हुआ है। वह भी होली के हुड़दंग में शामिल हो गया। दीदीके हम उम्र देवर-ननद शेखर को रंगों से भिगो रहे थे। उसी वक्त लड़कियों की टोली भी शेखर को रंग डालने आ गई। सारी सहेलियां आगे बढ़ कर रंग खेलने लगी लेकिन राखी दूर खड़ी रंग खेलते हुए देख-देखकर हंस रही थी। उस के कपड़े में रंग नहीं था। शेखर के मन में शरारत सूझी। उस ने चुपके से उस के उपर रंग की बाल्टी उधेड़ल दी। फिर क्या था। राखी रोते हुए अपने घर की तरफ भागी। सारे लोग स्तब्ध। सारी निगाहें शेखर की तरफ उठ गई। वह कुछ भी समझ नहीं पा रहा था। 'उस ने रंग ही तो डाला है? कोई अपराध तो नहीं किया है।'-सोचने लगा वह लेकिन अपराध तो उस ने किया ही था।

होली हुड़दंग का माहौल कुछ ही क्षणों में गमगीन हो गया था। सारी सहेलियां जा चुकीं थीं।

दीदी ने घर के अंदर बुलाया था उसको 'यह तुम ने क्या किया?'-दीदी

मधु अयन

ने डांटते हुए कहा

'क्या-' आश्चर्य चकित शेखर ने पूछा

'तुम नहीं जानते क्या?'-दीदी ने डांटते हुए कहा

'क्या दीदी? मैं तो कुछ भी नहीं जानता'।

शेखर की परेशानी बढ़ती जा रही है। झुंझला कर बोल उठा शेखर...

'मैं ने रंग ही तो डाला है। कोई अपराध तो नहीं किया? होली में रंग डालना अपराध है क्या? मुझे इस तरह अपराधी क्यों बना रही हो?'

'अरे, वह विधवा है। कोई उसे रंग नहीं डालता, वह भी किसी पर रंग नहीं डालती। 'दांत पीसते हुए क्षोभ से दीदी ने कहा सन्न रह गया सुनकर शेखर। उसे पता होता तो वह भी रंग नहीं डालता। उस के बिना रंग के कपड़े देखकर ही उसके मन में शरारत सूझी थी। बहुत पछता रहा था अब वह।

दो दिन से राखी घर से निकली नहीं थी। न तो उसकी सहेलियों से मुलाकात ही हुई थी। चौथे दिन शेखर को लौटना था। छुट्टी खत्म हो रही थी।

'दीदी'-शेखर असमंजस में था।

'हाँ, बोल न...।'

चावल बीनते हुए दीदी ने कहा।

'दीदी, मैं चाहता हूँ कि उनसे मिल कर सॉरी कह दूँ। मैं सचमुच बहुत शर्मिंदा हूँ। अगर यूँ ही चला गया तो-'

रुककर शेखर ने दीदी की प्रतिक्रिया जाननी चाही। फिर बोल उठा- 'दीदी,मैं अपने को माफ नहीं कर पाऊंगा। अपराध बोध से मुक्त नहीं हो पाऊंगा।'

डरते-डरते नजरें झुकाए शेखर ने कहा।

पहले तो दीदी ने साफ मना कर दिया। बार-बार मनुहार करने पर वह शाम को चलने के लिए मान गईं।

'आओ दुल्हन। बड़े भाग्य जो तुम मेरे घर आई।'

दीदी के पैर छूते ही राखी की सासु माँ ने कहा। शेखर ने भी उनके पैर छुए।

'राखी बेटा-'माँ ने आवाज लगाई।

'आई माँ जी'-राखी ने कमरे के अंदर से कहा।

'दुल्हन आई है। कुछ पकवान और पानी लेती आना दो जगह'

पक्का का एक मंजिला मकान बिल्कुल साफ-सुथरा। हर चीज करीने से सजा कर रखी हुई है। शेखर ने नोटिस किया। कहीं कोई अव्यवस्था नहीं।

प्लेट हाथ में लिए राखी हड़बड़ा कर पीछे लौटी थी। उस ने शेखर को पहले नहीं देखा था। तब दीदी उठ कर उस से प्लेट लेने चली गई थी।

प्लेट टेबल पर रखते हुए बिना किसी लाग लपेट के दीदी ने कहा-'माँ जी, मेरे भाई से अनजाने में एक गलती हो गई है होली के दिन। उस की मांफी मांगने आया है आप लोगों से-'

'अरे नहीं, दुल्हन, इन छोटी-छोटी बातों को क्यों गले लगा बैठी हो।'

बिल्कुल बेफिक्री के अंदाज में माँ जी ने दीदी की बात काटते हुए कहा जैसे कुछ हुआ ही नहीं हो। वातावरण को हल्का करने के लिए माँ जी ने इधर-उधर की बातें शुरू कर दी। थोड़ी देर में ही दीदी और शेखर माँ जी के चरण छूकर वापस लौट आए।

शेखर ने अपनी ड्यूटी ज्वाइन कर ली थी। उस का मन काम में कम और राखी के बारे में सोचने में ज्यादा लगाता था। टेबल पर फाईलों की संख्या बढ़ने लगी थी। एक दिन 'साहब' ने बुलाकर डांटा तो तीन दिनों की छुट्टी लेकर घर बैठ गया। घर में भी चैन कहाँ? उसे बार-बार एहसास होता जैसे उस का कुछ खो गया है। क्या खो गया है? पता नहीं उसे। छह माह

बीत गए। ऑफिस में भी लोगों ने अब कहना छोड़ दिया था। हंस मुख शेखर की हंसी जैसे कहीं खो गई थी। बढ़ी हुई दाढ़ी, बिखरे बाल और बेतरतीब कपड़े। लोगों को कुछ समझ में नहीं आ रहा था कि क्या हो गया है उसे। वह किसी से अपनी बात शेयर भी नहीं कर रहा था।

माँ महसूस कर रही थी कि सीमा के घर से आने के बाद से ही शेखर की यह हालत हुई है। सो उन्होंने सीमा को फोन लगाया। सीमा ने भी किसी बात के होने से इनकार कर दिया। तब माँ की परेशानी और बढ़ गई। इतने में दशहरा की छुट्टी हुई। सीमा ने शेखर को अपने घर बुला लिया। वह भी हैरान थी। यह सब क्या हो रहा है।

शेखर राखी को देखने का प्रयास करता। कभी रास्ते का चक्कर लगाता। कभी घंटों मेला में बैठा रहता। लेकिन राखी कहीं नजर नहीं आती। राखी भी अब थोड़ा रिजर्व रहने लगी थी।

एक दिन हिम्मत कर के उसने राखी से विवाह की बात दीदी से की। सीमा सुनकर अवाक रह गई। सारा माजरा उस की समझ में आगया। पहले तो वह इस बाबत तैयार न हुई। फिर रमेश की माँ के अकेलेपन का ख्याल, अपने माँ-बाबू जी की सहमति और असहमति का प्रश्न, गाँव वाले की प्रतिक्रिया और राखी की इच्छा-अनिच्छा। समस्याऐं अनेक थीं। दीदी ने शेखर को समझाने की भरपूर कोशिश की।

शेखर अडिग था। उस ने दीदी से बार-बार प्रयास कर ने का अनुरोध किया। सीमा ने जीजाजी से बात करने का बहाना बना कर बात को वहीं समाप्त कर दिया।

जीजाजी को यह बात पसंद आई। तो सीमा की हिम्मत बढ़ी। घर में इस बात की चर्चा हुई तो सभी ने गाँव के बड़े बूढ़े को लेकर रमेश की माँ से बात करने की सलाह दी।

पहले तो रमेश की माँ तैयार न हुई। फिर उम्र और समय का हवाला देने पर वह बहु को बेटी की तरह विदा करने पर सहमत हो गई। राखी भी

तैयार न थी। उस ने भी समय के साथ अपने को एकाकार कर लिया था।

उस के मन में भी कई प्रश्न उमड़-घुमड़ रहे थे। वैवाहिक जीवन शेखर के साथ किस तरह गुजरेगा? उस के माता-पिता का व्यवहार एक विधवा बहु साथ कैसा होगा? सशंकित थी वह।

सीमा के समझाने पर राजी हो गई थी राखी। शेखर अपनी पत्नी का भरपूर ख्याल रखता। उस ने सुहागरात में भी कोई जबर्दस्ती नहीं की। उस के 'न' कहने पर कभी छुआ भी नहीं उस को। राखी ने भी पन्द्रह साल गुजार दिए थे पत्नी धर्म का निर्वाह करते हुए। अब वह फूल से सुंदर दो बच्चों की माँ है।

आज रमेश की माँ आई थी। वह बहुत बूढ़ी और दुःखी लग रही थी।

बातों ही बातों में-'बहु, तुझे तो सब कुछ मिल गया, मैं ही अनाथ हो गई।'

उनके अंदर का दर्द होठों तक आ चुका था। माँ को छोड़ने वह 'दहलीज' तक आई थी। माँ के आने से रमेश की याद ताजा हो आई थी। पता नहीं, रमेश उसे माफ करेगा भी या नहीं।

दहलीज पर खड़ी माँ को जाते हुए देख सोच रही थी वह।

केशी गुप्ता

जन्म स्थान	:	दिल्ली
जन्म तिथि	:	27 अप्रैल 1972
माता का नाम	:	श्रीमती निश्चिन्त गुप्ता
पिता का नाम	:	श्री सुभाष गुप्ता
शिक्षा	:	बी.ए दिल्ली विश्वविद्यालय
लेखन विधा	:	कविता, शायरी, समीक्षा, कहानी, लेख प्रकाशन प्रखर गूँज साहित्यनामा, jantantraonline.in, theasiancarnivalonline. inrashtriyeawaaj.com, सर्व भाषा पत्रिका, विश्वगाथा त्रैमासिक पत्रिका आदि प्रतिष्ठित पत्र पत्रिकाओं में कविता, शायरी, समीक्षा, कहानी, लेख आदि समय समय पर प्रकाशित।
प्रकाशित पुस्तकें	:	मुक्त तरंगिनी (साझा काव्य संग्रह), रेलनामा पुस्तक, (साझा संग्रह) साहित्य प्रकाशन संस्था प्रखर गूँज द्वारा प्रकाशित, एकल काव्य संग्रह 'रूह की आवाज'

हर्फ पब्लिकेशन द्वारा प्रकाशित।

कार्य लेखिका एवं सामाजिक कार्यकर्ता सम्मान लोक आश्रय द्वारा सम्मान पत्र, ऱहबर-ए-मजलूम Social Activist Awa तक विशिष्ट मातृशक्ति समान, सर्वभाषा ट्रस्ट द्वारा सूर्य कान्त त्रिपाठी प्रथम पुस्तक 'रूह की आवाज', प्रखर गूँज प्रकाशन द्वारा मुक्तरंगिणी और रेलनामा पुस्तक तथा मंच संचालन एवं कविता पाठ के लिए सम्मान।

पता : द्वारका, दिल्ली

संपर्क : 9911323248

ई-मेल : guptakeshi@gmail.com

पहचान

सुहासनी प्रातः चार बजे ही उठ गई। आज उन्हें माँ का नाम लिखवाने पेहोवा जो जाना था। महीना भर हुआ माँ का स्वर्गवास हुए। यूं तो कई रातों से वह ठीक से सो नहीं पा रही थी। उसका अपनी माँ से रिश्ता ही बहुत गहरा था। मगर संसार का अपना नियम है। एक वक्त पर अनचाहे वो व्यक्ति भी चला जाता है, जिसके बिना आपको लगता है जीना मुश्किल है। पापा और मोहन जो उसके मामा का लड़का है ने पेहोवा जो कुरूक्षेत्र के नजदीक है, साथ जाना था। सुहासनी नहा धो कर तैयार हो पापा के साथ पेहोवा के लिए निकल पड़ी। मोहन का घर रास्ते में पड़ता था, तो उसे रास्ते से ही ले लिया। 'आदमी चला जाता है और रस्में रह जाती हैं' सुहासनी ने भर्राई हुई आवाज में कहा। मैं तो जाना नहीं चाहता था, पापा बोले। हमारे यहां ऐसा कोई रिवाज नहीं है। हां मगर पंडित जी ने कहा जाना चाहिए। पंडित जी जिन्हे माँ अपना भाई मानती थी और बेहद विश्वास करती थी। यूं भी माँ की तरफ तो ये रिवाज था। मोहन बोला मैं अपने डैडी मम्मी के समय भी गया था।

रिवाज के मुताबिक व्यक्ति के स्वर्गवासी होने के बाद वहां उसका नाम लिखवाया जाता है, जिसमें उस खानदान के सभी नाम होते हैं, पीढ़ी दर पीढ़ी। यूंही बाते करते सफर तय हो गया। पेहोवा पंहुच कर वंहा के पंडितो ने माँ के मोक्ष के लिए रस्म मुताबिक पूजा करवाई जिसमें पापा को बैठना था क्योंकी इस पूजा में वही व्यक्ति बैठता है जो संस्कार करता है। पापा ने सुहासनी को आवाज लगाते हुए कहा, सुहासनी तुम भी साथ बैठो। सुहासनी पापा के साथ पूजा में बैठ गई क्योंकि वह माँ के बेहद करीब थी। माँ ने हमेशा उसे बेटे जैसे ही देखा। सुहासनी ने संस्कार में माँ को कंधा भी दिया और पिता के साथ अग्नि भी दी। पेहोवा आने का आग्रह भी उसी का था वह माँ की अंतिम यात्रा का कोई रिवाज छोड़ना नहीं चाहती थी। खैर पूजा समाप्त होने के बाद नाम लिखने का कार्य होना था। पापा के गोत्र के

मुताबिक ही वहां के पंडित को पूजा एंव माँ का नाम पोथी में लिखना था। अब वही हुआ पापा के तरफ ये रिवाज ना होने से वह रिकार्ड मिल नहीं पा रहा था। कुछ वह पंडित भी लालची था। इतनी दूर आने के बाद बिना नाम लिखवाए वापिस लौटने का सुहासनी का मन नहीं था। पापा इन्हें बोलो नानी की तरफ माँ का नाम लिख दें। तभी पंडित बोल पड़ा ऐसा नहीं होता पत्नी का अपना कोई गोत्र नहीं होता। पति के गोत्र के मुताबिक ही पत्नी का नाम लिखा जाता है। सुहासनी मुस्कुरा उठी और बोली ये कैसी परंम्परा है क्या शादी होने से मायके से उसका नाम मिट जाता है। उसने मोहन की ओर देखते हुए कहा तू इन्हें अपना गोत्र बता जिसमें नानी और मामा जी का नाम लिखवाया था। हम उसी में माँ का नाम लिखवा के जाएंगें। पहले पापा बोले रहने दो मैं तो पहले ही मना कर रहा था मगर फिर सुहासनी के आग्रह पर राजी हो गए।

नाम लिखवा सब वापसी के लिए निकल पड़े मगर सुहानी सोच रही थी कि ये कैसी व्यवस्था और रिवाज है जिसमें औरत की अपनी कोई पहचान नहीं, वह औरत जो जननी है, पैदा होने से लेकर मरण उपरांत तक अपनी पहचान से वंचित रहती है। क्यों उसे उस कुल से अलग कर दिया जाता है जिसमें वह पैदा होती है। आखिर क्यों उसकी अपनी पहचान नहीं?

चक्रव्यूह

मायके की दहलीज पे बैठे नंदिनी सड़क के छोर को भीगी आँखो से देखते हुए सोच रही थी कि आख़िर ऐसा क्यों होता है कि लड़की जिस घर में पैदा होती है, उसी घर में केवल एक मेंहमान बन कर रह जाती है। भाई, बहन यहां तक की माँ बाप भी उसे मेहमान की तरह ही देखते है और उसके वापिस जाने की राह देखते हैं। जिन गलियों में उसका बचपन, जवानी परवान चढ़ती है, वह राहे छूट जाती हैं। आस पड़ोस भी कुछ दिन बाद सवाल भरी निगाहों से देखने लगता है कि अभी तक मायके में पड़ी हो। क्या ससुराल ही उसका सही मायने में असली घर होता है? जहां उसके चारों तरफ अनजान लोग होते हैं, जहां उसका सफर जवानी के बाद शुरू होता है। ऐसे कई सवाल नंदिनी की आँखों से झलक रहे थे।

प्रताप जिससे नंदिनी का ब्याह अभी एक माह पहले ही हुआ था, शराबी किस्म का निकम्मा इंसान था। माँ बाप ने बी ए की पढ़ाई होते ही नंदिनी की शादी कर डाली। बड़ा घर देख बिना लड़के की खास छान बीन किए दूर के एक रिश्तेदार के कहने भर से सब बाते तय हो गई थी नंदिनी के पिता इस रिश्ते को लेकर कुछ संशय में थे मगर पत्नि के आगे उनकी एक ना चली। 'आखिर कब तक जवान लड़की को घर में बिठा कर रखेंगे, एक दिन तो ब्याहना ही है 'फिर रिश्ता खुद घर चल कर आया है, ये सब बाते कह नंदिनी की माँ ने उन्हें राजी कर लिया था। नंदिनी के पिता लाचर हो कुछ ना कर सके। घर की शांति बनाए रखने के लिए किसी एक को तो झुकना ही पड़ता है। यहां ये भार नंदिनी के पिता में उठा रखा था। माँ बाप ने तो जैसे नंदिनी को बोझ समझ ब्याह कर उतार डाला मगर नंदिनी एक अजीब से चक्रव्यूह में फस गई। ब्याह के अगले दिन से प्रताप के रंग ढंग नजर आने लगे। उसे शराब की लत थी, जिसके लिए वह अपने माँ बाप से भी लड़ता झगड़ता। नंदिनी को साफ नजर आने लगा था कि वह नरक में आ गिरी है। उसे इस बात का अहसास हो गया अब उसकी ज़िंदगी एक ऐसे

चक्रव्यूह में आ फसी है, जिससे बाहर निकलना संभव नहीं और प्रतिपल एक ना खत्म होने वाली जंग बन गई है। रोज की कलह और कमसिन सी नंदिनी अपने सपनों को टूटते बिखरते देख रही थी, उस दिन तो हद ही हो गई प्रताप ने शराब के नशे में नंदिनी पर हाथ उठाने की कोशिश की। नंदिनी गुस्से में अपना कुछ सामान उठा मायके आ गई मगर मायके में उसका स्वागत एक मेंहमान की तरह हुआ। माँ ने भी नंदिनी से, उसकी परेशानी की वजह जानने की कोशिश नहीं की। उल्टा नंदिनी के बताने पर वह उसी को समझाते हुए बोली कि अब 'वही तुम्हारा घर है और यही समाज की परम्परा है, बेटियाँ पराया धन होती है और हर एक का अपना चक्रव्यूह होता है'। नंदिनीस्तब्ध रह गई, वह समझ नहीं पा रही थी। उसे अपनी हालत धोभी के कुत्ते जैसी लगी, जो ना घर का ना घाट का नंदिनी ने उसी पल ये तय किया कि वह इस जंग को अपने तरीके से पूरे स्वाभिमान के साथ, चक्रव्यूह के हर व्यूह को तोड़ते हुए जिएगी। नंदिनी दहलीज से उठी और अपना सामान ले उस चक्रव्यूह का सामना करने के लिए निकल पढ़ी। नौ महीने बाद नंदिनी को एक बेटी हुई, मगर अब नंदिनी चक्रव्यूह के हर व्यूह का सामना करने और तोड़ने के लिए तैयार थी। अब वह बेबाक हो चुकी थी। उसने घर से ही सिलाई कढ़ाई का काम शुरू किया और ये फैसला भी कि वह अपनी बेटी के साथ वो सब नहीं होने देगी जो इसके साथ हुआ। वह अपनी बेटी को बोझ समझ किसी अन्जाने, अनचाहे चक्रव्यूह में नहीं धकेलेगी बल्कि उसे स्वावलम्बी बना जिंदगी अपने हिसाब से जीने के लिए प्रोत्साहित करेगी। समाज की संकीर्ण सोच और परम्पराओं की बली नहीं बनने देगी।

दिहाड़ी

हथौड़े की चोट से सारा महौल्ला गूंज रहा था। तपती दोपहर में गोपाल दिहाड़ी पर लगा हुआ था। एक पुराना घर गिरा कर नई तीन मंजिला ईमारत बनाई जा रही थी। गोपाल और उसके साथी अब्दुल को इस पुराने ढांचे को तोड़ने का काम मिला था। गोपाल को कुछ हल्का सा बुखार भी था पर वह आराम नहीं कर सकता था। आखिर गरीब का घर दिन भर की दिहाड़ी से ही तो चलता है। बुखार की वजह से तेज चमकता सूरज आज उसे परेशान कर रहा था वरना ये तो उस जैसे मजदूर का रोज का काम है।

अब्दुल ने गोपाल के सूखे होंठ और बहते पसीने को देख कहा भाई थोड़ी देर आराम कर लो, पानी पी रोटी खा कुछ देर लेट जाओ यहीं कहीं छाया में। मैं तो कर ही रहा हूं काम और कौन सा आज ही ढह जाएगा ये ढांचा और कल नई ईमारत खड़ी हो जाएगी। जान नहीं प्यारी क्या? ठेकेदार के आने में अभी वक्त है गोपाल हांफ रहा था। सो अब्दुल की बात सुन छाया में जा बैठा आखि़रि करता भी क्या बुखार और तेज धूप के कारण हिम्मत जवाब दे रही थी। रोटी भी ला ना सका था। तभी सामने के घर से एक लड़की कुछ खाने का सामान लिए हुए आई और बोली 'बाबा आज घर में पिता जी के श्राद की पूजा थी, ये प्रसाद है आप दोनों खा लिजिएगा'। गोपाल मन ही मन सोच रहा था कि आज इस श्राद्ध के प्रसाद ने उसे बचा लिया वरना बुखार और भूख के चलते उसका श्राद्ध हो जाता। अब्दुल गोपाल के मन की बात भाप उसकी तरफ देख हल्का सा मुस्कुरा उठा। बेटी इस गरीब को बुखार है, हो सके तो कोई बुखार की गोली भी दे दो।

अब्दुल ने लड़की की ओर देखते हुए कहा। जी अच्छा, थोड़ी ही देर में वह लड़की गोपाल को बुखार की एक गोली दे गई खाना खाने और गोली के असर से गोपाल का बुखार उतर गया। 'कैसी विडंबना है?' बड़ी बड़ी इमारतों को खड़ा करने वाले हम जैसे मजदूर कितने लाचार और मजबूर

हैं, गोपाल ने कहा। हां मगर इंसानियत मरी नहीं आज भी, अल्लाह अपने बंदो की खबर रखता है, अब्बदुल मुस्कुराते हुए बोला। दोनों काम पर लग गए ! शाम ठेकेदार आया और दिहाड़ी दे कर चला गया।

अधूरापन

झील के किनारे नीला बैठी हुई पानी की कल कल की मधुर आवाज का आंनद ले रही थी कि तभी पीछे से बंटी ने आवाज दी, नीला अब अंदर आ जाओ सूरज ढल चुका है और ठंड भी बड़ गई है। नीला और बंटी चार दिन के लिए नैनीताल घूमने आए थे। नैनी झील के पास ही होटल बुक किया था। बंटी की आवाज सुन नीला उछली और उसका हाथ थामें होटल की ओर चल दी। नीला और बंटी आज भी ये समझ नहीं पा रहे थे कि ऐसी क्या बात है दोनों के बीच जिसने उन्हे चाहे अनचाहे एक दूसरे के इतने करीब कर दिया है कि उन्हें इब समाज की परवाह नहीं रही।

नीला शादी के 20 साल गुजर जाने के बाद भी प्रमोद के साथ रिश्ता जोड़ नहीं पाई थी। उसके और प्रमोद के बीच एक अजीब सी खामोशी थी, जिसने कभी उन्हें करीब होने नहीं दिया। कारण प्रमोद ही था शुरू से ही वह हर छोटी बात पर नीला से खफा हो कई कई महीने बात नहीं करता था। धीरे धीरे नीला उस सबकी आदि हो गई। अब उसे प्रमोद के होने या न होने से कोई फर्क नहीं पड़ता था। यही हाल बंटी की शादीशुदा जिंदगी का था, उसकी शादी को इस साल 25 वर्ष पूरे होने वाले थे मगर वह आज भी संगीता से जुड़ नहीं सका। शायद इन्हीं हालातों ने नीला और बंटी को एक दूसरे से जोड़ दिया। मौका मिलते ही दोनों अपनी अनजानी दुनिया में खो जाते। एक दूसरे के साथ वह खुद को पूरा महसूस करते थे पर समाज के दायरों के आगे मजबूर थे। अपनी खुशी के लिए बहुत सी जिंदगियों के साथ खेलना उन्हें गवारा नहीं था। इस लिए चोरी से मिले पलों को ही भरपूर जी लेते थे। देखते देखते कई साल बीत गए। बंटी और नीला का लगाव उम्र के साथ बढ़ता ही गया। शायद इस की वजह सामाजिक बंधन का न होना था। दोनों एक दूसरे से, दिल से दो स्वतंत्र व्यक्तियों की तरह जुड़े थे। जिसने उनके रिश्ते की ताजगी को बनाए रखा। फिर एक दिन नीला बहुत बीमार पड़ गई, बंटी चाह कर भी उस से मिल नहीं पा रहा था।

आज उसे अपने सामाजिक रिश्ते के नाम की जरूरत महसूस हो रही थी। वह नीला से पूरे हक के साथ मिलना चाहता था मगर मजबूर था। अगले दिन नीला चल बसी और बंटी टूट गया। वह नीला के जनाजे को दूर से निहारता रहा और सोचता रहा क्या उसका और नीला का रिश्ता भी अधूरा रहा? जिसके साथ उसे पूरा होने का अहसास होता था। आदमी सभी को खुश रखने के चक्कर में कभी पूरी ज़िंदगी जी नहीं पीता कुछ अधूरापन रह ही जाता है।

हिचकिचाहट

संजय और नीलम रिश्ते में यूं तो एक दूसरे के कुछ नहीं लगते थे, पर एक ही बिरदारी से थे। बस इसी नाते आपस में जान पहचान थी। फिर एक बार किसी करीबी रिश्तेदार के यहाँ, उनके बेटे की शादी में नीलम का जाना हुआ। इत्तफ़ाक़ से वंहा संजय भी आया हुआ था। शादी से पहले की भी कई रस्में होती है, जैसे मेहंदी, सगुन इत्यादि। बाहर से आने वाले सभी अतिथि तीन, चार दिन का प्रोग्राम बना कर आए हुए थे। नीलम और संजय भी चार दिन के लिए दिल्ली से जयपुर पहुंचे थे। एक ही शहर के होने के बावजूद भी कभी दोनों का आमना सामना नहीं हुआ, पर यहां शादी के इन चार दिनों में वह एक दूसरे के बेहद करीब आ गए। दोनों को यूं लग रहा था जैसे वह एक दूसरे को बहुत पहले से जानते और समझते हैं। चार दिन का समय अच्छे से गुजर गया। वक्त का पता ही नहीं चला फिर वापसी की उड़ान भरने का समय आ गया। दोनों ने एक दूसरे का नम्बर लेते हुए फिर मिलने की इच्छा जाहिर करते हुए अलविदा ली। दोनों अपनी अपनी गाड़ी से आए थे। संजय के साथ उसका दोस्त भी था और उनका जयपुर से अजमेर जाने की प्रोग्राम था। नीलम घर पहुंच तो गई मगर उसे लगा जैसे उसका पीछे कुछ छूट गया, उसे अधूरापन सा महसूस हो रहा था। रात बिस्तर पर लेटे भी बेचैनी महसूस हो रही थी। रह रह कर संजय और उसकी बातें उसे सता रहीं थी। उसे संजय के फोन का इंतजार था, मगर फोन नहीं आया। एक हफ्ता बीत गया और फिर महीने। नीलम को लगा संजय उसे, उस पल दो पल के साथ की तरह भूल गया। खुद फोन करने में वह हिचकिचाती रही।

फिर एक दिन अचानक नीलम और संजय का एक रेस्तरां में आमना सामना हुआ। नीलम अपनी सहेलियों के साथ और संजय एक सुंदर व्यक्तित्व की महिला के साथ था। नीलम को देखकर संजय आगे बड़ा और मुस्कुरा कर बोला 'कैसी हो नीलम'? ठीक हूं, नीलम ने जवाब दिया। तुम कैसे हो,

मुझे लगा तुम मुझे भूल गए। नीलम ने कटाक्ष भरे स्वर में कहा" –नहीं ऐसा नहीं है, तुम्हारे फोन का बहुत इंतजार किया। फिर लगा शायद तुम मिलना नहीं चाहती, संजय ने उतर दिया। खुद पहल करने में हिचकिचाहट थी कि कहीं तुम गलत न समझ लो इतने में संजय के साथ आई स्त्री भी उनके समीप आ गई। इन से मिलो, ये मेरी पत्नी कल्पना है। पिछले महीने ही माता–पिता की इच्छा से शादी हुई है। नीलम ने दोनों को मुबारकबाद देते हुए घर आने को कहा और फिर अलविदा लेते हुए अपनी सहेलियों के साथ बाहर आ गई। मगर मन में एक ही सवाल था, आखिर क्यों हिचकिचाते रहे और एक दूसरे से सदा के लिए दूर हो गए।

काश उसने या संजय ने बिना किसी हिचकिचाहट के मन की बात मान, फोन कर लिया होता तो एक दूसरे को पा लिया होता।

कंचन पाण्डेय

पिता का नाम	:	श्री सुभाष चन्द्र ठाकुर
माता का नाम	:	श्रीमती कुमिता ठाकुर
पति का नाम	:	सुनील पाण्डेय
स्थायीपता	:	ढोल बज्जा वाया फारबिसगंज, जिला अररिया, बिहार
ईमेंल	:	kpdps1077@gmail.com
शिक्षा	:	P-G in Zoology And Hindi
जन्म	:	15-7-78, फारबिसगंज
व्यवसाय	:	शिक्षिका, दिल्ली पब्लिक स्कूल, BPKIHS, धरान, नेपाल
प्रकाशन विवरण	:	घर-परिवार, कविता चतुष्पदी (4) पुरुष प्रधान संसार, कविता विश्व भाषा हिंदी, कविता बचपन, कविता चलो स्कूल चलें कविता नारी संसार, लेख श्रद्धांजलि, कविता जन्मभूमि, कविता स्नेह की डोर

मन लोभ की पोटली

दिन के करीब साढ़े दस बजने को आ गए थे सूरज धरती की गोद से निकल कर आसमान के माथे पर बिंदी बनकर चमक रहा था लेकिन पंडित अयोध्दया प्रसाद का कोई अता-पता नहीं था सुबह पांच बजे घर से निकले थे। पंडिताइन को चिंता घेरे जा रही थी और यह चिंता बुदबुदाने के रूप में बाहर निकल रही थी रोज तो इतनी देर नहीं लगती है आज क्या हो गया कि पंडित जी नहीं आए बोलकर तो गए थे एक घंटे में आता हूँ। माँ को यूँ परेशान देखकर सरदानंद ने कहा माँ तुम परेशान नहीं हो पिताजी आ जाएँगे तुम कहो तो देख आता हूँ। पंडिताइन नहीं-नहीं तू अपनी कालेज जा चिंता तो इसलिए हो रही है कि रोज गंगा स्नान करते हुए पूजा करके कितने समय पूर्व ही घर आ जाते थे आज तो जो मन्दिर जाने वाले भक्तजन जो थे वे भी कब के अपने घर आ गए लेकिन पंडित जी का कोई अता-पता नहीं हैं सरदानंद तो नाश्ता करके अपनी माँ के चरण छुए और निकल गया कुछ समय पश्चात पंडित जी एक लौकी हाथ में लटकाए झूमते-झूमते घर की कुण्डी खटखटाई दरवाजा खुलते हीं वह तो परिस्थिति भांप गए थे लेकिन बड़े मधुर स्वर में कहा पंडिताइन जानती हो आज मुझे थोड़ी देर हो गई नहीं पूछोगी क्यों देर हो गई पण्डिताइन के उत्तर नहीं देने पर वह फिर बोलने लगे जानती हो आज मैं गंगा किनारे की बस्ती में चला गया था, तुम्हें लौकी बड़ी अच्छी लगती है न इसलिए ढूंढते ढूंढते देखा तो एक घर के पीछे से लटक रहा था सबने लाख कोशिश की लेकिन कोई नहीं उतार सका लेकिन मैंने भी ठान हीं ली थी कि मेरी पंडिताइन ने लौकी खाने की इच्छा जाहिर की है तो मैं जरूर लौकी लाकर दूँगा इसलिए अंत में, मैं हीं छप्पर पर चढ़ गया और देखो आखिर मैं लौकी लेकर हीं आया।

पंडिताइन –हे भगवान बीस रुपए की लौकी बाजार से नहीं खरीद कर ला सकते थे जो प्राण संकट में डालने चले गए थे और इस बुढ़ापे में अगर पैर हाथ टूट जाता तब क्या करते बीस के बदले कितना खर्च होता। पंडित-बूढ़ा

किसे कहती हो और जहाँ तक गिरने की बात है तो मैं बचपन में पेड़ को ऊपर से नीचे तक एक मिनट में नाप लेता था माहौल को भांपते हुए पंडित जी बोले छोड़ो इन बातों को देखो पंडिताइन इस शहर में जितनी मेरी आदर लोग नहीं करते उतनी तो तुम्हारी है। पंडिताइन –कौन क्या कह रहा था? बात बनते देख पंडित जी ने कहा अरे आज की कहानी ले लो बस्ती में जैसे मैंने कहा कि पंडिताइन को लौकी खाने की इच्छा हो रही है कौन ऐसा व्यक्ति था जो यह नहीं कहा कि पंडित जी मेरे छप्पर में देख लो अगर मिल जाए तो जितना मन करे ले जाइए। पंडिताइन-हे ईश्वर फिर मुझे बदनाम कर आए क्या कहेंगे लोग कितनी लालची हैं पंडिताइन। बात बिगड़ते देखकर पंडित जी बोले ऐसी बात नहीं है वहाँ के लोग तो न जाने तुम्हें किन किन नामों से बुलाते हैं कोई देवी कहता है तो कोई लक्ष्मी। अपनी बड़ाई किसे अच्छी नहीं लगती है पंडिताइन की उत्सुकता बढ़ते हीं पंडित जी समझ गए की अब बाजी उनके हाथ में है पंडिताइन फिर पूछ ली और कौन कौन-क्या कह रहा था। पंडित जी-मत पूछो कितने का नाम लूँ सच में तुम अन्नपूर्णा माँ हो तब सभी तुम्हारा गुणगान करते हैं। इसी प्रसन्नता में पंडिताइन चाय बना लाई चाय देखकर पंडित जी बोले क्यों बनाई मैंने तो पी ली। पंडिताइन-आपको तो सिर्फ अपने आपसे मतलब है कोई आपके बिना चाय नहीं पीता यह भी याद रखना चाहिए। पंडित जी-अरे अरे माफ करना पंडिताइन- मैंने सोचा तुम पी ली होगी तब बेकार में दूध चीनी क्यों बर्बाद करना और आज देर हो गई है खाना हीं खिला दो क्या बनाई हो सब्जी नहीं बनाई तो लौकी हीं बनाना। पंडिताइन - एक तो आपको याद होना चाहिए कि मैं आपके बिना चाय नहीं पीती और सब्जी में यही बनी है। पंडित जी खटिया से उछल कर खड़े हो गए यही यानि कि लौकी, डूबा आई पैसा खरीद लाई। दो पैसा कब बचाना सीखोगी भगवान जाने, तुम्हारी इच्छा हुई तो मैं व्यवस्था करता और किया ही हूँ बोलो क्या इच्छा है जो मैंने पूरी नहीं की। पंडिताइन- इस चार दिवारी में मेरी जीवन कट गई कभी कोई तीर्थ भी लेकर गए हैं। पंडितः कौन सी उम्र खत्म हो गई है मैंने तो कहा हीं है ना कि बेटे की नौकरी लग जाएगी शादी हो जाएगी, फिर राज-पाट बहु के हाथ में देकर

जहाँ जहाँ कहोगी ले चलूँगा।

समय बीतते देर नहीं लगी और सरदानंद को नौकरी लग गई उसका आफिस घर से दस किलोमीटर की दुरी पर थी देहात होने के कारण सवारी समय पर नहीं मिलती थी उसने एक दिन अपने पिता जी से कहा पिता जी मुझे एक स्कूटर लेना है आफिस जाने में दिक्कत होती है और तो और रोज पांच दस मिनट देरी हो जाती है और अभी नई नौकरी है शुरुवात में देर होगी तो अच्छा नहीं होगा कहीं नौकरी हाथ से ना निकल जाए पिता जी, पिता जी सरदानंद ने पिता को हिलाते हुए कहा सुन रहे हैं मैं क्या कह रहा हूँ। पंडित जी कान खुजलाते हुए खटिया से पैर नीचे रखी अरे कौन-सी बड़ी बात है तू चिंता मत करो मैं तुम्हारे लिए इंतजाम कर देता हूँ। पंडिताइन और सरदानंद को बड़ा आश्चर्य हो रहा था कि पंडित जी खर्चे के नाम पर भड़के नहीं और बड़ी प्रसन्नता के साथ बाहर गए शायद स्कूटर खरीदने की बात करने गए हों लेकिन सुबह-सुबह जब पंडित जी अपनी बीस पच्चीस साल पुरानी साइकिल निकाल कर साफ कर दिए और छाती फुलाते हुए बोले सरदानंद लो यह शान की सवारी इसमें ना तेल का झंझट और ना कोई और समस्या। अब तुझे देर ना होगी थोड़ी जल्दी निकल जाना ठीक है ना।

सरदानंद आफिस चला गया पंडित जी जब मन्दिर से आए तब पंडिताइन बोलने लगी मेंरा बच्चा आज तक किसी चीज के लिए मुख नहीं खोला था लेकिन आज बेचारे को क्या मिला .....

पंडित जी बात काटते हुए बोले देखो आज ऐसी बात हुई कि तुम खुशी से झूम उठोगी। पंडिताइन-जाइए आज मैं आपकी किसी बात में नहीं आऊँगी पंडित जी -सुनो ना आज अपने बेटे सरदानंद के लिए रिश्ता तय कर आया। मैंने शादी ठीक कर दिया कुल खानदान अच्छा है बेकार में घर आता तुम्हें परेशानी होती। पंडिताइन-हे भगवान खर्च ना हो जाए इसके के लिए बेटे की शादी की बात भी बाहर कर आए।

शादी सम्पन्न हुई अब पंडिताइन की तीर्थ की जाने की चर्चा होने लगी, पंडित जी कभी बहु के नए होने की बात करके टाल जाते तो कभी मन्दिर

की देख-रेख की बात। सरदानंद ने इसका भी निदान निकाल दिया सरदानंद आप निश्चिन्त होकर जाएं मैं मंदिर की पूजा पाठ कर दूँगा अब पंडित जी को कुछ नहीं सूझी तो खटिया पर कम्बल लेकर कराहने लगे अरे शरीर टूटा जा रहा है शायद बुखार लग गई है सरदानंद -चलिए पिता जी डाक्टर से दिखा देता हूँ पंडित जी -नहीं नहीं बेकार के खर्चे मत कर दस दिन में ठीक हो जाऊंगा सरदानंद-आपसे महत्वपूर्ण रुपए नहीं है पंडित जी -अपनी बात पर अड़े रहे उधर से पंडिताइन आकर जैसे हीं कम्बल हटाकर माथे पर हाथ हीं रखी कि पसीने में लत पत पंडित जी को देख समझते देर ना लगी वह तुरंत नीम का काढ़ा बना लाई पंडिताइन-पी लिजिए राहत मिलेगी। पंडित जी -नहीं नहीं पंडिताइन मुझसे नहीं पीया जाएगा यह काढ़ा। पंडिताइन-ठीक है बेटा तब डाक्टर को हीं बुला लाओ पंडित जी -लाओ लाओ जो ना कराओ और दो घंटे में पंडित जी ने यह घोषणाकर दी कि काढ़ा से बुखार जाता रहा।इस पर पंडिताइन ने बड़े कड़े स्वर में कहा -सुनो जी कल जाकर टिकट करवा लाइएगा अब मैं नहीं मानूंगी। सरदानंद-मैं कल जाकर टिकट करवा देता हूँ पिता जी आप आराम कीजिए टिकट में दो चार दिन लगेंगे। पंडित जी -तू चिंता मत करो मैं बस की टिकट करवाऊंगा बेकार में चार-पांच दिन। सरदानंद -बस में बहुत कठिनाई होगी। पंडित जी-कोई कठिनाई नहीं होगी।

सुबह सुबह स्वयं तो पैदल और पंडिताइन को सरदानंद के साइकिल पर बिठा दी जब तक बस स्टेण्ड पहुँचे तब तक सिट भर चुकी थी। सरदानंद-अब क्या होगा पिता जी कैसे जाएँगे मैंने तो कहा था इतना लम्बा सफर वो भी बस में।पंडित जी -तू जा मैं जोगार लगा लूँगा। पंडिताइन के लिए तो जैसे तैसे सिट की व्यवस्था हो गई लेकिन पंडित जी अपनी एक पेटी जिस पर बड़े गर्व से कभी उन्होंने अपने नाम के साथ अपनी पूरी पता लिखवाई थी,अपने हाथ में पकड़े हुए प्रभु भजन में मस्त थे वे इतना मस्त हो गए की उन्हें पता भी नहीं चल रहा था कि उनके इस टूटी हुई पेटी से कितने लोग घायल हो चुके थे अंत में एक सज्जन ने कहा देखिए पंडित जी

या तो आप अपना पेटी कहीं रख दे या फिर आप इस बस से उतर जाएँ पंडित जी यह सुनते हीं भड़क गए क्यों उतरूँ क्या बेकार में सफर कर रहा हूँ पैसे गिनकर दिए हैं दुगुना भी लौटाएँगे तो ना उतरूँ। ठीक है आप अपना पेटी तो कहीं रखिए। पंडित जी क्यों रखूं मैं नहीं रखने वाला। सभी पैसेंजर के हाथ पैर जोड़ने पर अपनी पेटी लेकर बस की छत पर जा बैठे। पंडिताइन तो मरे शर्म की धरती में गडी जा रही थी लेकिन पति की चिन्ता से व्याकुल थी कंडेक्टर साहब को तरस आ गई एक सिट जैसे खाली हुई पीछे की सिट में पेटी के साथ चिपके पंडित जी को बिठा दिया। रास्ते में ना भोजन ना चाय की दरस होने दी पंडिताइन को वही फाल्गुन का महिना और सत्तू। चार दिन में तीर्थस्थल पहुंच गए। पंडिताइन-सुनिए सबसे पहले कोई होटल या धर्मशाला देखिए रात में आराम करके फिर सुबह दर्शन करेंगे।

पंडित जी -तुम भी कमाल करती हो जो आनंद मन्दिर के प्रांगण में है वह होटल या और कहीं है नहीं नहीं यह घोर पाप हमसे नहीं होगा रात में फिर वही सत्तू घोल कर जब पंडित जी ने खाई तब तो पंडिताइन ने साफ मना कर दिया और पंडित जी सत्तू पीकर अपनी पेटी को दबाए बैठे रहे। सुबह सुबह स्नान करने के उपरांत जब मन्दिर में जाने लगे तब पंडित जी ने पंडिताइन से कहा -देखो तुम पहले पूजा कर लो फिर मैं करूँगा यहाँ तुम्हारे मेरे कपड़े फैलाएँ हुए हैं। पंडिताइन -कहिए ना आपकी पेटी,कितनी मनोरथ थी की साथ में पूजा करेंगे लेकिन! पंडित जी -अरे मैं तुम्हारे साथ हूँ। इस दौरान पंडित जी को कब नींद लग गई पता हीं नहीं चला और जब पंडिताइन पूजा करके लौटीं तो पंडित जी को नहीं पाकर व्याकुल हो गई अनजान शहर क्या करे क्या ना करे वाली स्थिती हो गई तभी एक हीं उपाय था ईश्वर की शरण वह वहीं बैठ गई। उधर पंडित जी को जो चोर उठाकर ले गए थे वह एक वीरान जगह था, पर पंडित जी को ले तो गए, वहाँ पहुंच कर जब हाथों से पेटी छुड़ाने का कोशिश कर कर रहे थे तो पेटी छूट नहीं रही थी तभी उनमें से एक ने कहा अरे यह जग गया है यह तो सारी बात हमारी सुन ली है। दूसरे ने कहा अब इसको जिन्दा रखना

ठीक नहीं है फिर तीसरे ने कहा पहले पेटी में तो देखो क्या है? बहुत भारी और मैं देखता आ रहा हूँ यह अपनी जान की परवाह किए बिना हीं इस पेटी की रक्षा कर रहा है। पंडित जी -कुछ भी हो जाए मैं अपनी यह प्यारी पेटी नहीं दूँगा। एक चोर ने कहा -देखो पंडित जी दे दो तो दया आ गई तो प्राण दान दे दूँगा।

उधर पंडिताइन भगवान के आगे हिलने का नाम नहीं ले रही थी उसको अपने ईश्वर पर अटूट विश्वास के कारण वह जानती थी कि पंडित जी को कुछ नहीं होगा जब मन्दिर के पंडित को पता चला कि मन्दिर में ऐसी घटना घटी है तब पुलिस को हीं नहीं खबर की बल्कि कुछ लोगों को लेकर पंडित जी को खोजने निकल हीं रहे थे कि उधर से पंडित जी चोरों को भी ऐसी चकमा दिए और सीधे मन्दिर में आकर रुके। पंडिताइन की खुशी का ठिकाना ना रहा उसने अपने गिरधर गोपाल को धन्यवाद की। वहाँ उपस्थित सभी के पूछने पर कि पंडित जी आप कहाँ चले गए थे क्या हुआ।पंडित जी ने सभी बात बताई लेकिन चकमा देने वाली बात किसी की समझ नहीं आई। सबने पूछा क्या चकमा पंडित जी? पंडित जी -अरे भैया मैंने तो बस इतना कहा की मैं अपने पिता जी की अस्थियाँ बहाने आया हूँ पहले उन्हें विश्वास नहीं हुआ तब मैंने अपनी पेटी खोल कर सत्तू को दिखाते हुए कहा देखो भैया मैं झूठ नहीं कहता सभी का क्रोध बढ़ता देख मैंने बस इतना कहा भैया अब तो तुम लोग मुझे मार हीं दोगे मेरी एक इच्छा पूरी कर दो मेरे पिता जी की अस्थियों को जल में प्रवाहित कर लेने दो इस बहाने मैं जो नदी में छलांग लगाया तो यहाँ आकर रुका- ओह हे भगवान मेरी पेटी पानी में बह गई मेरे दादा जी कि आखरी निशानी थी लेकिन मेरी पत्नी सचमुच में लक्ष्मी है कल रात सत्तू नहीं पीकर आज मेरी जान बचा ली मन्दिर में जाकर पंडिताइन के साथ पूजा अर्चना की और पंडिताइन से भी अपने कर्मों की क्षमा मांगी और खुशी खुशी घर की ओर निकल पड़े।

प्यार भरा साथ

रामदुलारे जी रिटायर्ड मास्टर थे बहुत ही साधारण व्यक्ति थे जीवन भर बड़ी कठिनाई में जीवन गुजारने पर कुछ दिन पहले वह दिन आ गया जो उन्हें बहुत भयभीत करता रहता था कि जब वे रिटायर्ड हो जाएँगे तब परिवार का क्या होगा नौकरी करते हुए कभी भी महिना के अंतिम तक रुपया का दर्शन नहीं होता था आखरी के दस दिन उधारी लेते हुए निकलता था और महीने के शुरू के दस दिन उधारी चुकाने में कभी कोई विपदा आ गई तो दुकानदार के आँखों को पढ़कर पता चल जाता था कि उसके मन में क्या चल रहा है और उसके बोलने से पहले कह देते थे देखो भाई बुरा मत मानना इसबार महीने के पैसे को पंख लग गया क्या बताऊँ मेरी बच्चों की माँ (सरिता) बीमार हो गई जैसे तैसे ठीक हुई है दो-चार दिन में दे दूँगा और यह बात दोनों को पता थी कि यह रुपया अब अगले महीने के चार –पांच तारीख को हीं आएगा और पूरा महिना दुकानदार के सामने अपराधी के रूप में हाथ बांधे खड़ा रहना पड़ता था बेचारे रामदुलारे जी को।

लेकिन अब तो रामदुलारे रिटायर्ड हो चुके हैं रुपए अब तो आधे हो गए वहीं की वहीं लेकिन जिम्मेदारी वहीं की वहीं है। मास्टर की तनखा कितनी होती है। कभी कभी वे सोचते कि शादी की उम्र में शादी हो जाती तो अभी बाल-बच्चे बड़े होकर दो पैसे कमा रहे होते लेकिन तभी तो बीमार माता-पिता की जिम्मेदारी थी उस समय शादी की बातें सोचना अच्छी नहीं लगती थी कोई बेटी का पिता भी दरवाजे तक नहीं आते थे गाँव के लोग यह कहकर लौटा देते कि बेटी को भूखे मारना है। इसके पास है क्या जो कुछ तनखा आता है माँ-बाप के इलाज में निकल जाता है। अपने उन ख्यालों में अभी ठीक से विचरण भी नहीं पाए थे कि मुन्ना और गुड़िया की कोलाहल ने उन्हें झकझोर दिया और वे जोर से बोल पड़े क्या है? बाहर जाकर खेलो।

सरिता को समझते देर न लगी उसने बच्चों को इशारा देकर बाहर भेज

दी और रामदुलारे के पास आकर बैठ गई और बोली क्या बात है आज से पहले आपने कभी बच्चों को नहीं डांटा था, लेकिन आज.....

कोई बात नहीं तुम अपना काम करो सरिता -नहीं आज आपको बताना पड़ेगा कि क्या बात है, बताइए न आपको मेरी कसम। रामदुलारे तुम भी कमाल करती हो कसम तो नहीं दिया करो तुम तीनों के सिवाय कौन है जो इस संसार में मेरा है तुम पहले क्यों नहीं आई मेरे जीवन में। मुझे इतनी उम्र में शादी नहीं करना चाहिए था। अब एक अवकाश प्राप्त मास्टर क्या खुशियाँ दे सकता है।

सरिता इतना दुखी मत होइए और सब कुछ रुपया ही नहीं होता है। आपने ने एक गरीब पिता माता की बेटी से विवाह कर उद्धार किया है।

रामदुलारे -इस महीने मुन्ना के चार महीने से जो स्कूल की फीस बाकी थी दे दिया, नहीं देता तो नाम काट देते जिसके कारण दुकानदार को रुपया नहीं दे पाया तो...

सरिता -तो क्या उसने कुछ कहा गुस्से से तमतमाई सरिता ने कहा छोड़ दो उसे, बहुत दुकान है वह नहीं देगा तो भूखे नहीं मर जाएँगे।

रामदुलारे -शांत हो जाओ तुम, इसलिए तुमसे कुछ नहीं कहता हूँ। वही एक है जो सीधे-सीधे नहीं बोलता है।

सरिता-आज क्या हुआ

रामदुलारे -आज-आज

सरिता -आज आज ही करते रहो, क्या हुआ आज।

रामदुलारे -आज गुड़िया ने चाकलेट की जिद कर दी मैं गया चाकलेट तो दिलवा दिया लेकिन कुरते के जेब में हाथ दिया तो चाकलेट के आधे दाम ही निकले.. दुकानदार बोला -आप रखिए आपको काम देगा महीने के लेन -देन में लिख दूँगा। बोलते -बोलते रामदुलारे जी की आँखे भर आई।

सरिता की आँखें भर आई और बोली आप तभी हीं क्यों न चाकलेट

लौटा दिया।रामदुलारे जी –मैं भी यही सोचा लेकिन गुड़िया ने खाना शुरू कर दिया था। इन्हीं सब कारणों से रामदुलारे बीमार रहने लगे जिसके कारण अब घर के सारे काम का भार सरिता पर आ गया।

डाक्टर ने तनाव लेने से मना किया पहले तो डाक्टर के पास नहीं जाऊँगा की जिद पर इस प्रकार अड़े कि सरिता को बगल की भूली चाची की मदद लेनी पड़ी तब कहीं जाकर दिखाने के लिए माने फिर जब डाक्टर के पास से आई उस समय भी भूली चाची आई। जाते–जाते चाची ने सरिता से बोली बेटी कोई मदद चाहिए तो बोलना।

इस पर रामदुलारे जोर से बोल पड़ा नहीं नहीं हमलोग गरीब नहीं हैं चाची। सरिता बात सम्भालते हुए कहा इनका गलत मतलब नहीं निकालना चाची बीमारी के कारण चिढ़े चिढ़े हो गए हैं।

भूली चाची –नहीं नहीं मैं भी समझती हूँ।

सरिता–मैं चाची को छोड़कर आती हूँ। बाहर आने पर सरिता फिर से वही बात दुहराते हुए बोली माफ करना चाची अभी बीमार होने के कारण थोड़े चिढ़े चिढ़े रहते हैं।

चाची –मैं क्या नहीं समझती हूँ, रामदुलारे से पहली बार तो नहीं मिली हूँ ठीक है चलती हूँ कुछ बात हो तो बताना। चाची जाने के लिए जैसे मुड़ी कि सरिता बोली चाची-चाची।

भूली चाची-क्या हुआ सरिता-सरिता –चाची मदद ही करना चाहती हैं तो बस इतना कर दीजिए कि अगल-बगल में आप जाती रहती हैं उनलोगों को बोलिएगा कि अगर कोई अपने बच्चे को पढ़वाना चाहते हैं तो भेज दें दुनियाँ से कम रुपए में पढ़ा दूँगी।

भूली चाची –पढ़ा लेगी सरिता? आश्चर्यचकित होकर पूछी

सरिता –जी चाची मेरे माँ –बाप गरीब थे लेकिन विद्यारूपी धन से मेरे दामन को खाली नहीं छोड़ी।

भूली चाची -तब तो पास में मेरा बेटा का अपना स्कूल है तू कहेगी तो बात करूँ।

सरिता - नहीं-नहीं चाची मैं बाहर चली जाऊँगी तब तो ये और अकेले हो जाएँगे हो सके तो मैंने जो कहा है वही कर दीजिएगा।

भूली चाची -ठीक है तेरी जो मर्जी तेरे लिए कोशिश करती हूँ।

अगले दिन भूली चाची के कहने पर एक बच्चे अपने माता-पिता के कहने पर आए। शुरूआत में रामदुलारे जी को अच्छा नहीं लग रहा था उसमें अपनी नाकामयाबी दिख रही थी लेकिन अपनी पत्नी की मेहनत देखकर आज उसे अपनी पत्नी पर गर्व हो रहा था।धीरे-धीरे बच्चों की संख्या दस हो गई जिसमें दो-तीन बहुत गरीब परिवार से थे, जिनसे सरिता रुपए नहीं लेती थी। सुबह ईश्वर पूजा से लेकर पति की सेवा, मुन्ना को स्कूल भेजना, घर की अच्छे ढंग से देखभाल करना, बस सरिता ने अपने आपको एक वीरांगना की तरह जीवन रूपी युद्ध में समर्पित कर दिया। सरिता के धर्म, कर्म, सेवा और गरीब बच्चों को शिक्षा दान देने की भावना को देखकर रामदुलारे बहुत प्रसन्न रहने लगे और अब उनकी तबियत में सुधार ही नहीं हुई वे बिलकुल ठीक हो गए। अब तो बच्चों की संख्या में बीस फिर तीस और अचानक पचास हो गई।

एक दिन रामदुलारे जी सरिता को आवाज लगाई तो सरिता को लगा कहीं फिर तबियत तो नहीं ख़राब हो गई वह दौड़ती हुई आई क्या हुआ आप तो ठीक हैं न। रामदुलारे -हाँ पगली मुझे क्या होगा आज तो मैं उस देवी को पूजना चाहता हूँ जो साक्षात् देवी का रूप ही है। सच में नारी वह शक्ति की स्रोत है जब उसके अपनों पर विषम परिस्थिति आती है, खतरा देखती है तो अपनी सारी शक्ति लगाकर अपने परिवार की रक्षा करती है।

सरिता ने कहा मैंने कुछ नहीं किया यह आपलोगों का प्यार है जो मैं लड़ पाई उन कष्टों से भरे समय में, फिर सरिता अपने बच्चों को पढ़ाने चली गई।

उसी दिन रामदुलारे जी सरिता के पास गए और बोले कि क्या आज से मैं तुम्हारे साथ इन बच्चों को पढ़ा सकता हूँ।

इस बात को सुनकर सरिता की प्रसन्नता का ठिकाना न रहा और बोली क्यों नहीं। आप जैसे गुरु को पाकर तो ये बच्चे धन्य हो जाएँगे आज वेदोनों और उनके बच्चों के जीवन में कोई कष्ट नहीं है। एक साथ मिल कर विषम परिस्थिती को मात दे दी।

मधु अयन

भावना गौड़

जन्मस्थान	:	लखनऊ
शैक्षणिक योग्यता	:	विज्ञान स्नातक, कंप्यूटर डिप्लोमा
सम्प्रति	:	स्वतंत्र लेखन, 'दिल्ली प्रेस' की अनेक पत्रिकाओं में प्रकाशित कहानियां और लेख, 'राष्ट्रीय आवाज' और 'महिला अधिकार अभियान' नामक पत्रिकाओं में प्रकाशित लेख, प्रकाशित पुस्तक समीक्षाएं, samaydhara.com वेबसाइट पर प्रकाशित अनेक लेख, ज्वलंत मुद्दों पर सक्रिय लेखन।
कृतियाँ	:	रिश्तों के अंकुर (सांझा संग्रह) कथा प्रदेश (सांझा संग्रह)
संपर्क	:	जी/193, डी.एल.एफ, न्यू टाउन हाइट्स, सेक्टर 91, गुड़गांव, हरियाणा मोबाइल : 8368923909 Email: bhavana.gaur.888@gmail.com

बिस्किट

"मेंदान्ता मेंडिसिटी अस्पताल"... हर दिन इसके पास वाले चौराहे की लाल बत्ती से सैकड़ों-हजारों गाड़ियाँ गुजरती हैं, लेकिन जैसे ही लाल बत्ती का संकेत होता है, 30 सेकंड के लिए गाड़ियाँ रुक जाती हैं। इन 30 सेकंड में आम आदमी को कुछ खास फर्क नहीं पड़ता, लेकिन अस्पताल जाने वाले मरीजों के लिए ये 30 सेकंड भी भारी होते हैं। कुछ बुद्धिजीवी चर्चा कर रहे हैं कि अस्पताल के पास इस 30 सेकंड वाली लाल बत्ती को हटाया जाना चाहिए। ऐसे में कुछ मासूम ऐसे भी हैं, जो ये प्रार्थना कर रहे हैं कि ये 30 सेकंड की लाल बत्ती यहाँ से न हटे।

आश्चर्य होगा न ये सोचकर कि नन्हें बच्चों को भला इस लाल बत्ती से क्या लेना-देना? तो इन बच्चों "बिलकी" और "पूनिया" की बातें आप खुद ही सुन लीजिये।

बिलकी : ताज़े फूल ले लो साहब। इनकी खुशबू से हर बीमार ठीक हो जाएगा।

पूनिया : नैप्किन... नैप्किन..., प्रधान मंत्री की बात मानकर आपको स्वच्छता बढ़ाने में मदद करेगा।

ज्यादातर लोग इन्हें नज़र अंदाज़ करके गाड़ी की खिड़कियाँ बंद कर लेते हैं, तो कुछ दया दिखा कर औने-पौने दामों पर इनकी चीज़ें खरीद लेते हैं। बस, तब तक 30 सेकंड पूरे हो जाते हैं और गाड़ियाँ अपनी-अपनी मंज़िल की ओर बढ़ जाती हैं। बिलकी और पूनिया सर्कस के कलाकारों की तरह गाड़ियों से बचते हुए सड़क के किनारे आ जाते हैं।

बिलकी : अभी तो 50 रुपए भी नहीं हुए। एक घंटे के अंदर कम से कम 200 रुपए इकट्ठे करने हैं, वरना रानी दीदी आज भी 4 ही बिस्किट देगी।

पूनिया : हाँ, मेरे पास भी अभी 70 रुपए ही हुए हैं। लेकिन बिलकी, क्या हम पास की दुकान से 5 रुपए का बिस्किट नहीं खरीद सकते?

बिलकी : पागल है क्या? वो सामने रानी दीदी सब पर नज़र रखे हुए है। कोई भी उसकी नज़र से बच नहीं सकता। याद है पिछली बार राजू ने चुपके से दुकान से शर्बत खरीद कर पिया था तो रघू मास्टर ने उसकी कितनी पिटाई की थी।

पिटाई याद करके दोनों के शरीर में सिहरन दौड़ गई। दोनों किनारे आकर अगली लाल बत्ती का इंतज़ार करने लगे।

एक घण्टे बाद दोनों बेचैन होकर अपने-अपने पैसे गिन रहे थे।

पूनिया : एक सौ अस्सी ही हुए।

बिलकी : मेरे अभी एक सौ पचास ही हुए।

तभी लाल बत्ती का संकेत हुआ। कड़ी धूप में दोनों भूख-प्यास से बेहाल गरम हवा के थपेड़ों को झेलते हुए फिर से गाड़ियों की ओर दौड़ पड़े। एक गाड़ी का शीशा खुला। पूनिया ने नैपकिन का पैकेट उस ओर बढ़ाया, लेकिन अंदर बैठी उम्रदराज महिला ने नैपकिन का पैकेट नहीं लिया। मायूसी से पूनिया आगे बढ़ने लगी, तभी खुली खिड़की में से एक हाथ बाहर आया और पूनिया को बिस्किट का एक पैकेट थमा दिया। बत्ती हरी हो चुकी थी। गाड़ियाँ जाने लगी थीं। बिलकी और पूनिया के 200 रुपए अभी तक नहीं हुए लेकिन दोनों बहुत खुश थे। उन्हें बिस्किट जो मिल गया था खाने के लिए।

बदलता दौर

"ज़िंदगी के दौर बदलते रहते हैं। जीवन के विभिन्न पहलुओं से गुज़र कर ही तो ज़िंदगी की गहराइयों को महसूस किया जा सकता है। पति-पत्नी का रिश्ता परी-कथाओं सा नहीं होता, बल्कि हर पति-पत्नी अक्सर अग्नि परीक्षाओं के दौर से गुजरते रहते हैं। छोटे बच्चों का पालन-पोषण जिन माता-पिताओं के दौर में होता है,वही बच्चे युवा होकर अपने पालन-कर्ताओं से एक जेनेरेशन आगे बढ़ चुके होते हैं और दो जेनेरेशन अक्सर अलग-अलग मानसिकता से प्रेरित होती हैं जिससे विरोधाभास की स्थिति उत्पन्न हो जाती है इसी को हम जेनेरेशन गैप का नाम देते हैं।"

पत्रिका का यह लेख पढ़ते-पढ़ते रावी अपने बचपन के दिनों में खो गई। नटखट दो चोटियों वाली नन्ही रावी सारा दिन अपने बड़े भाई से झगड़ा करती, पर शाम को पिताजी के आते ही अत्यंत धीर गंभीर हो जाती। पिताजी के सामने किसी को ऊंची आवाज़ में बात करने की इजाजत नहीं थी। बीस वर्ष की होते होते उसका विवाह हो गया। आयु से वयस्क होने के बावजूद उसकी कल्पनाओं में उसका भावी हमसफर उसके सपनों के राजकुमार जैसा ही था। राकेश यूं तो एक जिम्मेदार पति था लेकिन वह यथार्थ के धरातल पर रहने वाला व्यक्ति था, सपनों के राजकुमार जैसी उसमें कोई बात नहीं थी।

ज़िंदगी जिम्मेदारियों के पीछे भागते हुए कब बीत गई, पता ही नहीं चला। आज उसकी शादी को चौबीस वर्ष होने को आए। उसने अपने दौर में हर माँ-बाप को अपनी बेटी की शादी के लिए चिंतित देखा था। माँ-बाप के लिए बेटियों की शादी करना सबसे बड़ी ज़िम्मेदारी का काम होता था। बेटियों के लिए नौकरी करना अक्सर उनका शौक पूरा करने के समान होता था क्योंकि नौकरीपेशा बेटी को भी अक्सर रिश्तेदारों के बीच यह सुनने को मिलता था कि अभी जो चाहे कर लो शादी के बाद तो घर गृहस्थी ही

संभालनी है। अक्सर नौकरीपेशा बेटी के रिश्ते की बात होने पर लड़के वालों की पहली शर्त यही रहती थी कि शादी के बाद लड़की नौकरी नहीं करेगी। कुल मिलाकर यह कहा जा सकता था कि लड़की मानसिक रूप से शादी के बाद घर संभालने के लिए तैयार रहती थी। जॉब या कैरियर बेटों की ज़िम्मेदारी समझा जाता था। रावी ने भी जॉब करने की कभी कोई ज़रूरत नहीं समझी। राकेश की कमाई से वह पूरी तरह संतुष्ट थी। भरी-पूरी गृहस्थी, जिम्मेदारियों को समझने वाला पति और श्रेया जैसी समझदार बेटी। भला इससे ज्यादा खूबसूरत ज़िंदगी और क्या हो सकती है।

"माँ, मैंने ग्रेजुएशन में अपने कॉलेज में टॉप किया है।" चहकती हुई श्रेया ने घर में कदम रखा। तब जाकर रावी अपने विचारों के सिलसिले से बाहर आई। "मेरी बेटी ने ग्रेजुएशन पूरा कर लिया?" "और वो भी अव्वल नंबरों से !" रावी की खुशी का ठिकाना न रहा। श्रेया उसे अपने मोबाइल में अपने दोस्तों के साथ अपनी तस्वीरें दिखाने लगी। "ग्रेजुएशन पूरा होते-होते तो मेरी शादी भी हो गई थी।" रावी ने मन ही मन सोचा। तसवीरों में दोस्तों के साथ श्रेया भी उसे काफी बड़ी लग रही थी। बरबस ही उसके मन में श्रेया की शादी का विचार आया। तसवीरों के लड़कों के साथ मन ही मन वो अपनी बेटी के लिए दूल्हा ढूँढने लगी। "श्रेया ये नीली शर्ट वाला कैसा रहेगा।" अचानक उसके मुंह से निकला। "मम्मा, आप क्या बोल रही हैं? ये सारे मेरे अच्छे दोस्त हैं।" तभी श्रेया का मोबाइल बज उठा और वो अंदर चली गई। रावी निहाल हो गई। आज के दौर की श्रेया भी उन्ही लड़कों के साथ रहती है जो उसके सिर्फ अच्छे दोस्त हैं, इसका मतलब श्रेया के लिए अच्छे दूल्हे की तलाश रावी की ही ज़िम्मेदारी है।

श्रेया का दूल्हा.... रावी को न जाने कहाँ से मुकुल याद आ गया। मुकुल रीमा चाची की पड़ोसन का बेटा था। श्रेया और मुकुल एक ही अस्पताल में पैदा हुए थे, तभी से मज़ाक में रीमा चाची श्रेया और मुकुल के रिश्ते की बात किया करती थीं। काफी सालों तक रीमा चाची के घर उनका आना जाना भी रहा था। फिर राकेश की नौकरी के सिलसिले में रावी कुछ सालों

के लिए दूसरे शहर चली गई। वापस आने के बाद रीमा चाची से तो एक दो बार किसी पारिवारिक समारोह में मिलना हुआ लेकिन उनकी पड़ोसन माधवी और मुकुल से कोई बात नहीं हो पाई। आज रावी को श्रेया इतनी बड़ी लग रही थी कि उसके भावी दूल्हे की तलाश में उसे बरबस ही मुकुल से मिलने की इच्छा जाग्रत हो गई। जल्दी ही उसकी इच्छा पूरी भी हो गई, जब रीमा चाची के बेटे अमित की शादी में रीमा चाची के घर जाना हुआ। नन्हा मुकुल अब वयस्क और व्यवहार कुशल हो चुका था। इंटमीडियट के बाद वो कोई डिप्लोमा कर रहा था जिसके पूरा होने के बाद वो अपने पिता के व्यवसाय को आगे बढ़ाना चाहता था। अपनी बातों से सभी को प्रभावित कर लेने वाला मुकुल रावी को बेहद पसंद आया।

अगले दिन उसने राकेश से इसी बारे में बात करने के उद्देश्य से कहा, "श्रेया अब बड़ी हो गई है। तुमने उसके बारे में कुछ सोचा है कि नहीं?" राकेश ने प्रश्नवाचक नज़रों से उसकी ओर देखा तो रावी बरबस ही बोल उठी "रीमा चाची के बेटे अमित की शादी तो हो गई और हमारी श्रेया भी तो अब बाईस की हो गई, आखिर हमें श्रेया की भी तो शादी करनी है। आजकल अच्छे लड़के आसानी से नहीं मिलते।"

राकेश मुस्कुरा उठा, "हाँ, वो तो है।" और ऑफिस के लिए निकल गया। रावी को उसके मुस्कुराने की वजह समझ नहीं आई। आज के दौर के लड़कों के नाम पर शायद टी. वी. में अजीबोगरीब वेषभूषा वाले लड़कों के बारे में सोचकर राकेश मुस्कुराया होगा,पर कुछ भी हो, मुकुल उसे श्रेया के लिए एकदम उपयुक्त वर लग रहा था। उसने रीमा चाची को फोन करके अपनी मनोदशा से अवगत भी करा दिया। रीमा चाची ने भी मौका मिलते ही मुकुल के घर वालों से बात करने को कहा।

उधर राकेश के मुस्कुराने की वजह कुछ और ही थी। शेखर, जो उसके ऑफिस में पूरी तत्परता से काम करता था, राकेश को बहुत पसंद था। शेखर की कमाई भी अच्छी थी और जल्द ही उसका प्रमोशन भी होने वाला था। सभ्य और संस्कारी लड़का शेखर, राकेश को श्रेया के लिए

सर्वोत्तम लगा।

शाम को जब रावी उसे मुकुल के बारे में बताने ही वाली थी, तभी राकेश ने शेखर की बात कहीं।

"राकेश, मैंने पहले ही अपनी बेटी के लिए मुकुल को पसंद कर रखा है। अब किसी और से बात करने की कोई ज़रूरत नहीं। मुकुल का पुश्तैनी कारोबार है, हमारी बेटी वहाँ राज करेगी।" रीवा ने दो टूक उत्तर दिया।

"रावी, शेखर जैसा ईमानदार और मेहनती लड़का मैंने आज तक नहीं देखा। उसका भविष्य उज्ज्वल है। वो एक जिम्मेदार और समझदार लड़का है। हमारी बेटी उसके साथ बहुत खुश रहेगी।" राकेश ने भी अपना पक्ष रखा।

"देखो राकेश, बाहर के मामलों में मैंने आज तक कोई दखल नहीं दी, लेकिन मेरी बेटी के लिए कैसा लड़का होना चाहिए, ये बात तुमसे ज्यादा अच्छी तरह मैं समझ सकती हूँ। मुकुल श्रेया के लिये सर्वोपयुक्त है और मैंने रीमा चाची से उनके घर बात करने को भी कह रखा है।" रावी बोली।

"रावी, तुम शेखर से मिलोगी तो तुम्हें हमारी श्रेया के लिए वही उपयुक्त लगेगा, तुम एक बार उससे मिलो तो सही।" दोनों ही अपनी पसंद के आगे एक दूसरे की बात समझने को तैयार नहीं थे।

अच्छा एक काम करते हैं... अचानक राकेश को कुछ याद आया... हमारी बेटी का बाइसवाँ जन्मदिन आने वाला है न, उस दिन श्रेया के सभी दोस्तों के साथ मुकुल और शेखर को भी आमंत्रित करते हैं और निर्णय श्रेया के ऊपर ही छोड़ देते हैं।

"हाँ-हाँ यह ठीक रहेगा।" रावी खुश हो गई। उसे लगा कि श्रेया ज़रूर अपनी माँ से ही सहमत होगी।

श्रेया के जन्मदिन की पार्टी में उसके कॉलेज के बहुत से दोस्त आए थे, उन्हीं के बीच में राकेश ने सभी को शेखर का परिचय दिया..."बच्चों, ये शेखर है, तुम्हारा ही हमउम्र है। अभी पिछले साल ही मेरे ऑफिस में आया

है और एक साल में ही इतनी मेहनत से काम करके इसने अपनी अच्छी पहचान बनाई है।”

तभी रावी ने भी मुकुल का परिचय दिया, “बच्चों ये है मुकुल, इतनी कम उम्र में ही अपने पापा के बड़े से कारोबार में हाथ बंटाने की तैयारी कर रहा है।”

जल्द ही वो दोनों भी बाकी सभी दोस्तों के साथ घुल मिल गए। राकेश और रीवा बेसब्री से पार्टी ख़त्म होने की प्रतीक्षा करने लगे।

पार्टी ख़त्म होने के बाद श्रेया अपने जन्मदिन के उपहारों को देख रही थी, तभी रावी उसके पास आ बैठी।

“श्रेया बेटा, मुझे तुमसे एक ज़रूरी बात करनी है।” बात की गहराई से अनभिज्ञ श्रेया अपने गिफ्ट खोलते हुए लापरवाही से बोली, “हाँ-हाँ, कहिए, क्या है ज़रूरी बात?”

तब तक राकेश भी वहाँ पर आ गया।

“क्या हुआ?”

माँ-बाप दोनों को इस तरह सामने देखकर श्रेया असमंजस में पड़ गई।

“देखो बेटा, हम चाहते है कि अपनी ज़िंदगी के महत्वपूर्ण फैसले तुम खुद ही लो।” दोनों ने एक साथ कहा।

श्रेया मुस्कुरा उठी, “इतनी सी बात… आप बिलकुल चिंता मत करिए, मुझे अच्छे नंबर मिलने की वजह से एक अच्छी कंपनी की तरफ से ट्रेनिंग का ऑफर मिला है। ट्रेनिंग के साथ-साथ मैं पोस्ट ग्रेजुएशन भी करती रहूँगी। दो साल के बाद मेरी ट्रेनिंग भी पूरी हो जाएगी और पढ़ाई भी, उसके बाद मुझे उसी कंपनी में अच्छी सैलरी के साथ मैंनेजर की जॉब भी मिल जाएगी। और हाँ, ट्रेनिंग के दौरान भी मुझे कुछ सैलरी मिलती रहेगी।” श्रेया बिना रुके खुशी से बताती ही चली जा रही थी।

राकेश और रावी एक दूसरे का मुंह देखते हुए सोच रहे थे कि जो बात

वो करने आए हैं, आखिर वो कैसे शुरू करें?

आखिरकार रावी ने कहना शुरू किया, "हम चाहते हैं कि तुम अपने लिए जीवनसाथी भी अपनी पसंद का तलाश करो। तुम्हें मुकुल या शेखर में से कौन पसंद है?"

रावी के इस सीधे सवाल पर श्रेया हैरान होकर उन दोनों का मुंह देखने लगी।

राकेश भी बोलना शुरू हुए, "शेखर मेरे ऑफिस में काम करता है और मुझे काफी पसंद है।"

तब तक रावी भी बोली, "मुकुल को तो मैं बचपन से जानती हूँ, मेरे ख्याल से वो तुम्हारे लिए एक अच्छा जीवनसाथी साबित होगा।"

श्रेया को अंदाज़ा भी नहीं था कि उसकी शादी के लिए उसके माँ-बाप इतने चिंतित हैं। थोड़ा रुककर गंभीर स्वर में बोली, "माँ-पापा, मैं आप दोनों के फैसले की इज्ज़त करती हूँ, लेकिन माफ करिएगा, अभी मेरा शादी करने का कोई इरादा नहीं है। "

"क्यों बेटा, क्या तुम्हें कोई और पसंद है?" रावी ने पूछा तो श्रेया संतुलित स्वर में बोली, "माँ, शादी करने से पहले मैं आर्थिक रूप से आत्मनिर्भर बनना चाहती हूँ, मैं नहीं चाहती कि मैं ज़िंदगी भर दूसरों पर आश्रित रहूँ।

रावी और राकेश प्रश्नवाचक नज़रों से उसे देखते हुए बोले, "तो क्या तुम्हें लगता है कि शादी करना गुलामी का दूसरा नाम है?"

रावी के इस सवाल पर श्रेया बोली, "मैंने घरेलू हिंसा के बारे में पढ़ा है। शादी के बाद लड़कियों को आर्थिक निर्भरता के कारण ही जुर्म सहने को मजबूर होना पड़ता है।"

"श्रेया, ऐसा किसी-किसी के साथ ही होता है, और तुम्हें क्या लगता है कि हम तुम्हारे लिए ऐसा लड़का ढूँढेंगे?" दोनों ने एक साथ कहा तो श्रेया

बोली, "लड़का चाहे जैसा भी हो, पर मैं किसी की आश्रित नहीं बनूँगी। नौकरी करके अपना भविष्य सुनिश्चित करूँगी। अभी कम से कम पाँच साल इंतज़ार करिए, उसके बाद शेखर या मुकुल, आप जिससे कहेंगे, मैं शादी करने के लिए तैयार हूँ।"

मितभाषी श्रेया का ऐसा दृढ़ स्वर सुनकर दोनों सोच में पड़ गए कि क्या बेटी को भी आर्थिक रूप से आत्मनिर्भर होना चाहिए?

रात भर उनके मन में अनेक प्रश्न घूमते रहे, लेकिन सुबह तक वे समझ चुके थे कि ये परिवर्तन का दौर है। शादी, रिश्ते, परिवार इन सबकी परिभाषा बदल रही है। ये बदलता दौर उनकी बेटी को जीवन की एक नई ऊंचाई पर ले जाएगा।

ये परिवर्तन अच्छा होगा या बुरा,ये तो वक़्त ही बताएगा लेकिन ये बदलता दौर है, और इस दौर के साथ खुद को भी बदल लेने में ही भलाई है।

इला सागर रस्तोगी

(समाज सेविका, आर्टिकल राइटर, कवयित्री व लेखिका)

पति का नाम	:	सागर रस्तोगी
माता का नाम	:	डॉ० जौली गर्ग
संपर्क	:	श्री सागर रस्तोगी मकान नं० 28, मालवीय नगर, निकट साईं मन्दिर, चड्ढा सिनेमा के पीछे, मुरादाबाद, (उ० प्र०)
मोबाइल	:	7417925477, 9149103957
ईमेल	:	theoptimisticila@gmail.com
जन्म	:	05 अक्टूबर, 1992
जन्मस्थान	:	बुलन्दशहर (उ.प्र.)
शिक्षा	:	एम.एस.सी. बॉटनी, राजस्थान विश्विद्यालय
सम्मान	:	साहित्य सागर सम्मान, मत प्रेरणा सम्मान, साहित्यकार, स्वाभिमान सम्मान, साहित्य विरासत सम्मान, मातृभूमि सम्मान, साहित्य गौरव सम्मान, नारी शक्ति सागर सम्मान, कलमवीर साहित्य सम्मान, नारी शक्ति सागर सम्मान

गुनहगार कौन

'अरे अंजना, हैप्पी बर्थडे.. यह लो तुम्हारा तोहफा। आज तो पार्टी पक्की न।' कहकर इशिता ने तोहफा अंजना को पकड़ा दिया। अंजना ने जवाब दिया 'बहुत बहुत धन्यवाद इशिता इस प्यारे से तोहफे के लिए और हां शाम को तुम आंटी और हर्षित घर आना। बहुत मजा आएगा।'

आज अंजना काबर्थडे था, उसके पापा ने स्कूल में आकर बच्चों के बीच उसके द्वारा केक कटवाया। इशिता व अंजना एक दूसरे की पड़ोसी है, और एक ही स्कूल में एक ही क्लास में पढ़ती है अतः दोस्ती और प्रगाढ़ हो गई। दोनों का साथ आना जाना, साथ पढ़ना व खेलना था। दोनों एक दूसरे से कुछ नहीं छिपाती थीं। शाम पांच बजते ही इशिता अंजना के घर आई। चारों तरफ सजावट, हरे, लाल, नीले हर रंग के गुब्बारे, टेबल पर एक बड़ा गुड़िया जैसा केक और परी जैसी ड्रेस पहने अंजना, एकदम जश्न जैसा माहौल था। अंजना के मम्मी पापा ने सब बच्चों को गेम्स खिलाए, केक काटा, बहुत टेस्टी खाना खिलाया और वापस लौटते टाइम सबको रिटर्न गिफ्ट्स दिए। पूरे वक्त अंजना के पापा मोहन उसके साथ ही रहे।

अंजना अपने घरवालों की अकेली संतान थी, माँ की लाडली, पापा की परी। यह सब देख अंजना सोचने लगी काश मेरे भी पापा होते जो पूरे समय मेरे पास रहते। पिता का प्यार तो उसके लिए मात्र धुधली तस्वीर ही रहा। इशिता के पापा मदन का बीमारी के चलते तब ही निधन हो गया था, जब वो मात्र तीन साल की थी। मदनके निधन के उपरान्त ही इशिता की माँ ने अनीता को ससुराल से बाहर धकेल दिया, जबकि उस समय वह सात महीने पेट से थी। उन लोगों से और उम्मीद ही क्या की जा सकती थी जिन्होंने इशिता को लड़की जान गर्भ में ही मारने का हुक्म दे दिया था और कहना न मानने पर तलाक कराने की धमकी दे दी गयी थी। ये तो मदन ही थे जिन्होंने घरवालों के खिलाफ जाकर बेटी को पैदा होने दिया। इस हालात

में, बच्ची के संग अकेली कहां जाती अतः अपनी बहन मीरा के यहां चली गई। मीरा व उसकी बेटी नेहा ने उनका बहुत ध्यान रखा, डिलीवरी हुई और इशिता का छोटा भाई हर्षित आ गया। अस्पताल से छुट्टी मिलते ही अनीता ने नौकरी की खोज शुरू कर दी। पढ़ी लिखी व डिग्रीधारक होने के कारण भाग्यवश मेरठ शहर में उसे इण्टर कालिज में अध्यापन का कार्य मिला। दोनों बच्चों को साथ लेकर एक किराये के मकान में रहने लगी। छोटे बच्चे व नौकरी साथ संभालना मुश्किल हो रहा था अतः एक आया रखनी पड़ी। खुद का खर्चा पूरा मुश्किल से पड़ता था कि इसपर आया के खर्चे का बोझ और आ गया। पर वो भी मजबूर थी, छोटे बच्चे घर पर अकेले कैसे रहते?

धीरे धीरे समय बीतने लगा, बच्चे बड़े होने लगे। बच्चों के बड़े होने के साथ आवश्यकता पढ़ी अपने खुद के घर की। कल अगर मैं न रही तो बच्चे कहां रहेंगे? अनाथ होने का दुख रो धोकर निकल जाएगा पर बेघर होकर कैसे जिएंगे?परन्तु इतने रुपये कहां से आएंगे? इसी बात से परेशान थी। तभी उसका ध्यान उसके 'स्त्रीधन' अर्थात् शादी पर चढ़ाये चढ़े गहने पर गया, सोचा यही सही है, गहने के बदले बच्चों के सिर पर खुद की छत तो होगी। अंततः उसने गहने बेचकर एक छोटा सा घर खरीद लिया और बच्चों व आया के साथ वहीं चली गई।

कुछ दिन पश्चात उनके बराबर वाले बड़े से घर में राहुल अपनी पत्नी निशा व बेटी अंजना के संग रहने आ गया। समय चक्र अपने हिसाब से चल रहा था, परन्तु खर्चे में आमदनी अट्ठनी और खर्चा रुपैया वाला हिसाब था। इशिता का जन्मदिन भी आ गया, उसने माँ से उस का भी जन्मदिन अंजना की तरह मनाने को कहा। हाथ तंग होने के कारण कभी इशिता का जन्मदिन नहीं मन पाया। उसके लिए तो जन्मदिन का मतलब बस सूजी के हलवे से बना केक काटना था। हां, पर माँ अकेले ही बहुत सारे उपहार देती थीं। लेकिन इशिता को कभी उन उपहारों से प्रसन्नता नहीं मिली क्योंकि उनमें स्कूल के जूते, यूनिफार्म, टिफिन, बोतल, पैन पैन्सिल, अगले साल के लिए कॉपी रजिस्टर आदि जैसी वस्तुएं ही होती थीं। इशिता की मौसी उन

की सहायता हेतु अपने दोनों बच्चों के छोटे कपड़े व पुराने खिलौने इशिता और उसके भाई के लिए भेज देती थीं।

अनीता सुबह स्कूल जाकर वापस आने के बाद घर आकर ट्यूशन क्लासेज देती थी तथा घर गृहस्थी व बाजार के ढ़ेरों काम भी अनीता को ही करने थे, अतः समय का अभाव बहुत था। वह केवल रात में ही बच्चों को समय दे पाती थी। समय का पहिया अपनी यथार्थ गति से चल रहा था। बच्चे बड़े हो रहे थे। समय समय पर तनख्वाह में भी इजाफा होने से अब खर्चा आसानी से चल जाता था। इशिता का पेरेन्ट्स डे था। सब बच्चे अपने अपने पापा मम्मी के साथ वापस जा रहे थे। 'इशिता तुमने अपनी मम्मी को नोटिस दिखाया तो था न', अध्यापिका ने पूछा?

इशिता ने दिया 'जी मैम, मम्मी ने कहा था वो जरूर आएगी।'

अध्यापिका ने पूछा 'पर अब तो सब बच्चे चले गए तुम्हीं अकेले हो, क्या पता तुम्हारी मम्मी भूल गई हो।'

इशिता को मम्मी पर बहुत गुस्सा आया, वो रोआंसा होकर

बोली 'हो सकता है मैम, मैं फोन करके आती हूं।' वो फोन करने प्रिंसिपल रूम में दाखिल होने ही वाली थी कि देखा अंजना के पापा मम्मी वहां से निकल रहे हैं। इशिता को देख मोहन ने पूछा 'अरे तुम बेटा, क्या हुआ मम्मी नहीं आई'? इशिता रोते हुए बोली 'आप मुझे घर छोड़ दीजिए अंकल मम्मी शायद आना ही भूल गई।' उसके आँसू पोंछते हुए राहुल बोला 'अरे! रो क्यों रही हो, मम्मी किसी काम में फंसी होंगी,चलो हमारे साथ चलो।' इशिता को गेट पर ही छोड़कर वो बाजार के लिए निकल गए। इशिता जैसे ही अन्दर आई उसे पता चला मम्मी का एक्सीडेंट हो गया, और वो बस अभी अस्पताल से आई हैं। पैर में हेअर लाईन फ्रैक्चर हुआ है। अनीता के साथ ही स्कूल में पढ़ाने वाला उमंग उसे अस्पताल लेकर गया था। इशिता ने कुर्सी पर बैठे उमंग को बोला 'थैंक्यू अंकल, आपका बहुत बहुत थैंक्यू।' उमंग इशिता के बालों पर हाथ फहराते हुए बोला, 'तुम तो बहुत प्यारी हो

बिटिया, बस अपनी मम्मी का ध्यान रखना, मैं मिलने आता रहूंगा 'और वह बाय कहकर चला गया। एक पल के लिए इशिता को उमंग में पिता की सी परछाई दिखी। वह अपनी माँ के सिहराने बैठकर उनका सिर सहलाने लगी। तभी अनीता जाग गई और बोली 'सॉरी बेटा मैं तुम्हारे स्कूल नहीं आ पाई।'

इशिता ने जवाब दिया 'आप आराम करिए माँ, पैरेन्ट्स मीटिंग तो होती रहती हैं। अभी आप जल्दी से ठीक हो जाओ।'

'नहीं बिटिया गलती मेरी ही है, न तुम्हें पापा का प्यार दे पाती हूं न ही माँ होने की जिम्मेदारी पूरी कर पाती हूं।'

इशिता रोते हुए माँ से लिपटकर बोली 'आप जितना कर पा रहे हो वही बहुत है, पापा के साथ अगर आप भी नहीं होते तो हमारा क्या होता? अब आप आराम करिए माँ मैं हूं न आपके साथ।' अपनी आठ साल की बच्ची के मुंह से इतनी बड़ी बातें सुनकर अनीता फफक फफक कर रो पड़ी और खुश भी हुई। उमंग अब रोज़ अनीता के घर उसके हालचाल लेने आने लगा व उसे अस्पताल दिखाने भी खुद ही ले जाता था। जब भी आता, दोनों बच्चों के लिए कभी फल, कभी मिठाई, कभी खिलौने ले आता था। इशिता उमंग के संग खूब खेलती थी। उमंग के रूप में मानो उसे पापा मिल गए हो।

समय के साथ अनीता भी अब स्वस्थ हो गई व स्कूल जाना प्रारंभ कर दिया। अब उमंग कम आने लगा तो इशिता पूछ बैठी "माँ उमंग अंकल अब ज्यादा क्यों नहीं आते उन्हें बुला लो न।" अनीता को पता था कि उमंग तलाकशुदा है व अकेले रहता है। एक दिन स्कूल में उसने उमंग से पूछा 'तुम स्कूल के बाद लंच करने घर ही आ जाया करो, कबतक मैस का बेस्वाद खाना खाते रहोगे। इशिता भी तुम्हें बहुत याद करती है।' उमंग ने कहा, 'बढ़िया है और मुझे घर का खाना भी खाने को मिल जाएगा।' अब उमंग रोज शाम में घर आने लगा। इसी दौरान अनीता को खुशखबरी मिली कि उसके काम से प्रसन्न होकर उसे स्कूल का वाइस प्रिंसिपल नियुक्त कर

दिया गया है। पद व तनख्वाह दोनों में एकसाथ इजाफा पाकर वह बहुत प्रसन्न थी।

धीरे धीरे बीतते समय के साथ उमंग और अनीता के हृदय में एक दूसरे के लिए प्रेम पनपने लगा। एक दिन उमंग ने अनीता से पूछ ही लिया 'क्या हम शादी कर सकते हैं?' अनीता का जवाब था 'प्रेम तो मैं भी तुमसे करती हूँ पर इसका जवाब मैं बच्चों से पूछकर ही दे संकूगी' 'जैसा ठीक लगे अनीता तुम्हें', उमंग का उत्तर था। उस शाम उमंग घर आया तो इशिता और हर्षित को गोद में बिठाकर बोला 'मुझे तुम दोनों इतने प्यारे लगते हो, कि मन करता है तुम्हारा पापा बन जाऊं। बनाओगे मुझे अपना पापा?' इशिता की मानो दिली इच्छा पूरी हो गई हो। वो खुशी से दौड़ती हुई माँ के पास जाकर बोली 'माँ उमंग अंकल कितने अच्छे है न, आप उनसे शादी कर लोगे तो वो हमारे पापा बन जाएंगे, कर लो न शादी मम्मी प्लीज़।' अनीता ने भी प्रसन्नतापूर्वक उत्तर दिया 'ठीक है बेटा अब से तुम दोनों उन्हें पापा कहना।' ऐसे ही हंसी खुशी समय निकलने लगा।

अनीता को स्कूल के टूर के सिलसिले में पाँच दिन के लिए बाहर जाना पड़ रहा था। उसने उमंग से रात में घर पर ही रुकने का निवेदन किया। उमंग का जवाब था 'अब यह मेरे भी बच्चे हैं। तुम घर आ जाओ तो फिर हम कोर्ट मैंरिज भी कर लेंगे।' पांचवें दिन अनीता शाम को जब घर वापस आई तो इशिता उससे लिपट कर दहाड़े मार मारकर रोने लगी। अनीता उसे संभालना चाह रही थी पर वह संभलने में ही नहीं आ रही थी। आया से पूछा तो उसने कहा 'मैं आज सुबह ही घर आई और तबसे पेट में दर्द है कहके रो रही है। यहां तक कि उमंग साहब के साथ डॉक्टर के जाने से भी मना कर दिया, और उनके आते ही हर्षित को साथ लेकर कमरा बंद कर लिया। कितना बुरा लगा होगा साहब को।' अनीता को कुछ समझ ही नहीं आ पा रहा था। वो बस तुरन्त ही इशिता को लेकर डॉक्टर के गई। 'इशिता के साथ किसी बड़े के द्वारा जबरन सम्बन्ध बनाने की सफल कोशिश की गई है।' डॉक्टर का जवाब सुनकर इशिता के पैरों से जमीन ही खिसक गई। अब

उसे सब समझ आ रहा था। उसने जब अपनी बच्ची से बार बार पूछा तो उसने रोते रोते बताना शुरू किया 'माँ जब आप गए तो उमंग अंकल हम दोनों के लिए चाकलेट लाए। उन्होंने हर्षित को चाकलेट देकर टीवी देखने भेज दिया और मुझे गोदी में बिठा लिया। उन्होंने मुझे ढ़ेर सारी किस्सी करी और फिर मेरे कपड़ों के अन्दर हाथ डालकर गुदगुदी करने लगे। मैंने मना भी किया तो बोले, पापा नहीं बनूंगा फिर मैं तुम्हारा। उन्होंने संतोष आंटी से कहा कि अब इसे नहला धुलाकर मैं ही तैयार करूँगा। मैंने मना भी किया क्योंकि वो मुझे बस छूते ही रहते थे। बार बार वो यही कहते थे कि पापा नहीं बनूंगा फिर मैं तुम्हारा। कल सुबह संतोष आंटी अपने बेटे को जब अस्पताल ले जाने के लिए गईं तो अंकल बोले आज की छुट्टी लेकर अपने बच्चे का ध्यान रखलो, कल आ जाना। रात को फिर हर्षित और मैं सो गए। थोड़ी देर बाद मैं जागी तो देखा मैं दूसरे कमरे में अंकल के पास लेटी हूं। और वो बस मुझे छुए जा रहे थे। मैं बाथरूम जाने का कहके दरवाजे तक गई तो देखा दरवाजा बन्द था।

मैंने खोलने की कहीं तो बोले जब मेरे साथ डॉक्टर-डॉक्टर खेल लोगी तब ही खोलूंगा। वरना पापा नहीं बनूंगा तुम्हारा। और उस खेल में मुझे बहुत दर्द हुआ मम्मी, फिर वो दूसरे कमरे में जाकर सो गए। मैंने हर्षित के पास जाकर दरवाजा अन्दर से बन्द कर लिया और मैं दर्द से रातभर रोती रही। सुबह फिर उन्होंने दरवाजा खोलने को कहा तो मैंने नहीं खोला। वरना वो फिर से मुझे वही वाला गेम खिलाते फिर मेरे और दर्द होता। फिर जब सुबह आंटी वापस आईं तो फिर वो अपने घर चले गए। फिर आंटी ने उन्हें फोन करके बुलाया तो मैंने फिर से कमरे का दरवाजा अन्दर से बन्द कर लिया। मैंने हर्षित को भी बाहर नहीं जाने दिया वरना वो उसके साथ भी यही दर्द वाला गेम खेलते। मम्मी मुझे पापा नहीं चाहिए, मुझे बस आप चाहिए। आप उनसे शादी मत करना वरना मुझे और हर्षित को यह दर्द वाला गेम रोज खेलना पड़ेगा।' और वो रोते रोते अपनी माँ से लिपट गई। यह क्या कर दिया मैंने, कैसे उस आदमी पर विश्वास करके अपने छोटे छोटे बच्चे उसके

भरोसे छोड़ गई। सारी गलती मेरी ही है, बच्चों को एक अच्छा भविष्य देने के लिए एक अच्छी माँ तक नहीं बन सकी। पिता की कमी खलने ही क्यों दी मैंने उन्हें। और कैसे मैं इतनी स्वार्थी हो गई कि उस आदमी से शादी करने की सोच ली। बच्चे तो नासमझ थे पर मैं तो समझदार थी। कैसे मैंने यह पाप कर दिया। मेरी वजह से मेरी फूल सी बच्ची ने कितना दर्द झेला। शरीर पर आए घाव तो भर जाएंगे पर इसके मासूम से दिल और मन पर आए घाव कैसे भरेंगे। यह सब सोचकर अनीता रोने लगी। अगले दिन उसने उमंग को एक कॉफी शॉप में बुलाया और कहा 'तुमने जो किया है उसके लिए तो मेरा मन तुम्हें पुलिस स्टेशन में घसीटने का कर रहा है। पर तुमने मेरे एक्सीडेंट के दौरान जो कुछ भी किया केवल उसके लिए मैं तुम्हें थाने नहीं ले जा रही। वाईस प्रिंसिपल होने के नाते मैं तुम्हें स्कूल से निष्कासित करती हूँ जिसका लेटर तम्हें कल मिल जाएगा। कितना प्यार करती थी तुमसे इशिता, जान छिड़कती थी तुम पर, तुममें हमेंशा अपने पापा ही देखती थी। पर तुम्हें उस नन्ही सी बच्ची में मात्र वासना का ही साधन दिखा। तुमने केवल उसके शरीर को ही नहीं बल्कि उसके मन व विश्वास को चोटिल किया है। ईश्वर तो तुम्हें इसकी जितनी सजा दे कम ही है। पर अब शक्ल मत दिखाना मुझे तुम अपनी वरना भूल जाऊंगी कि मैंने तुमसे प्यार भी किया था।'

इस सदमें से उबारने के लिए अनीता अपने दोनों बच्चों को खूब टाइम देने लगी। अगले महीने इशिता का बर्थडे था। अनीता ने स्कूल से छुट्टी ले ली थी। पहले इशिता की क्लास में केक काटा गया। फिर शाम को एक अच्छी सी पार्टी रखी गई जिसमें उसके सारे दोस्त आए। बहुत सारे गेम्स खेले गए और राजकुमारी जैसी तैयार हुई इशिता ने अपने मनपसन्द कार्टून डोरेमॉन वाला केक काटा। इतने सारे गिफ्ट्स मिले कि इशिता की खुशी का ठिकाना ही नहीं था। कुछ माह पश्चात् हर्षित का जन्मदिन भी ऐसे ही मनाया गया। अनीता अब दोनों बच्चों की हर पेरेन्ट्स मीटिंग में जाती थी। साथ ही अब वह उन्हें पापा की कमी महसूस ही नहीं होने देती थी। इशिता

भी काफी समझदार हो गई थी। वह हर संभव काम में अपनी मम्मी की पूरी मदद कर रही थी। साथ ही एक समझदार बड़ी बहन की तरह अपने छोटे भाई का बहुत ध्यान रखती थी। खुद भी पढ़ाई में अव्वल आने वाली इशिता अपने भाई की पढ़ाई में भी बहुत मदद करती थी। अब शायद उनके घर में पापा का अभाव नहीं था क्योंकि उन्हें जरूरत ही नहीं थी। वो तीनों ही एक दूसरे के सब कुछ थे। और समयचक्र प्रसन्नता पूर्वक इसी प्रकार आगे चलता गया। पर उमंग जैसे लोगों के कारण आज अधिकतर विधवा औरतें अपने बच्चों की सुरक्षा के खातिर दूसरा विवाह करने से घबराती हैं। यह कहना भी गलत होगा कि सभी पुरुष उमंग जैसे कुदृष्टि वाले होते हैं।

समाज में बहुत अच्छे पुरुषों के उदाहरण भी हैं। परन्तु कहते हैं न कि जिस प्रकार एक सड़ी हुई मछली सारे तालाब को गन्दा कर देती है। ठीक उसी प्रकार उन कुछ पुरुषों के कारण समस्त पुरुष जाति पर प्रश्नचिन्ह लग जाता है, जो कि गलत है। अनीता के द्वारा एक लगभग अनजान पुरुष पर दोनों बच्चों को छोड़ देना भी गलत था। तथा काम में इतना व्यस्त हो जाना कि बच्चों के लिए समय ही न बचे, यह भी उसकी गलती थी। एक और सबसे बड़ी गलती उसने उमंग की शिकायत पुलिस स्टेशन में न करके की। पर अपने बड़ों की गलतियों के कारण, खुद बिना किसी गलती के सबसे कठोर सजा छोटी सी बच्ची इशिता को मिली। जो खुद के पास भी, दूसरों की भांति बस अपने पापा ही तो चाहती थी।

नीरज अग्रवाल

पति	:	श्री सुरेश अग्रवाल (व्यवसायी)
पता	:	डॉ अग्रवाल चिल्ड्रन हॉस्पिटल के अपोजिट गठबंधन कलेक्शन, मगरपारा रोड, बिलासपुर (छत्तीसगढ़)
फोन नं	:	8359067147
शिक्षा	:	एम ए अर्थशास्त्र
व्यवसाय	:	गृहिणी
प्रकाशित पुस्तकें	:	श्रृंखला काव्य संग्रह, कहानी संग्रह, साझा संग्रह, रिश्तों के अंकुर, कथा प्रदेश, नारी, सफर में धूप तो होगी, माँ, नशा एक अभिशाप, मैं कलमकार हूँ, बेटी बचाओ, बेटी पढ़ाओ, स्वच्छता अभियान, पिता-एक आधार, मोदी, आदि।
सम्मान	:	समन्वय साहित्य रत्न, बिलासा साहित्य रत्न, साहित्य प्रतिभा खोज सम्मान, कथा सागर सम्मान, कथा गौरव सम्मान, नारी सागर सम्मान, नारी शक्ति सम्मान, एक्सीलेंट लेडी अवार्ड, साहित्य

शिल्पकार सम्मान, साहित्य भूषण सम्मान, साहित्य अण सम्मान, विद्या वाचस्पति सम्मान, काव्य भूषण सम्मान, काव्य सागर सम्मान, रचनाकार रत्न सम्मान, रचनाकार शब्दसाधक सम्मान, नारी रत्न सम्मान, समयूक्ता सम्मान, साहित्य सेवा सम्मान, काव्य रंगोली सम्मान, अटल साहित्य रत्न, साहित्य सरोज गौरव सम्मान, प्रेरणा लघु कथा रत्न, समाजिक सेवा में अनगिनित सम्मान।

शिक्षा-सुधार

रोहन एक गरीब ब्राह्मण परिवार का बड़ा होनहार पुत्र था, विगत तीन वर्षों से वह लगातार विफल हो रहा था।

शिक्षा का स्तर आजकल दिन प्रतिदिन गिरता ही जा रहा है, एक तरफ आरक्षण है तो कहीं नकलबाज़ हैं तो कहीं रसूखदार हैं, मेहनती और जुझारू बच्चे अक्सर पीछे रह जाते हैं,गरीब ब्राह्मण परिवार का रोहण हर बार कभी आरक्षण कभी नकलबाज़ों से मात खा जाता। इस बार उसने रात दिन मेहनत करके खूब पढ़ाई की उसके पिताजी पण्डिताई करते थे, पांच भाई बहनों का परिवार था, गुजर बसर मुश्किल से हो रही थी पूरे वर्ष भर रोहन ने पूरे जी जान से पढ़ाई की, इस बार उसे हर हाल में उत्तीर्ण होना है।

परीक्षा शुरू होने वाली थी, रोहन प्रवेशपत्र लेने कॉलेज गया, उसने कुछ लड़कों को टीचर से बात करते सुना 'सर जी ये रही आपकी मुंह मांगी रकम....बस आपको मुझे एक दिन पहले ही पेपर देना होगा...बाकी रिजल्ट आने के बाद... कहकर वे हंसते हुए बाहर निकल आये। रोहन हैरान था और परेशान भी.. ये कैसा लालच है जो शिक्षक कर रहे है, क्या एक शिक्षक की यही जिम्मेदारी हैं... क्या धन से रुतवा से ऊंची पहचान से,सब शिक्षा को खरीद रहे हैं.. हमारे शिक्षक ही शिक्षा का सौदा करेंगे तो छात्रों को क्या सीख मिलेगी ... कैसे भरोसा करेंगे छात्र ...... कैसे होगा हमारे देश का विकास...... कैसे होगा योग्यताओं का चुनाव। कैसे होगा वास्तविक मूल्यांकन......और कैसे होगा देश में सही व्यक्तियों का चयन।

माँ

जीवन की दौड़ में जिम्मेदारियों का बोझ उठाये रीमा को पल भर का सुकून नहीं था, बचपन से ही माँ का साया उठ गया, अपनी छोटी बहन मान्या को और पापा की देखभाल ही अब उसकी जिंदगी थी, सुबह नाश्ते टिफिन घर के काम निपटा स्कूल पढ़ाने जाती, फिर आकर मान्या की पढ़ाई और रात का खाना बनाती, जिंदगी में खुद के लिए कोई जगह नहीं.. अक्सर जब सहेलियों की शादी होती तो मान्या सोचती माँ होती तो मेरे लिए भी सोचती.. मेरे हाथों में भी मेहंदी लगती... हल्दी चढ़ती.... लाल जोड़ा बनवाती... और लाख दुआएँ देती,....पर अब उसका ये सपना सिर्फ सपना ही रह गया.... अपने काम में खुद को भुला देती, एक दिन मानया ने कहा 'दीदी अगर आप शादी कर लोगे तो हम किसके पास रहेंगे...?

उसका मासूम सवाल सुनकर .....रीमा मुस्करा कर बोली ...पगली मैं न केवल तुम्हारी माँ हूँ पापा की भी माँ... हूँ.... दोनों का ख्याल रखने की जिम्मेदारी माँ मुझे देकर गई है ...तो फिर मैं शादी क्यों करूँगी...? कहकर रीमा ने मान्या को गले से लगा लिया... जिम्मेदारियां और स्नेहपूर्ण रिश्ता जिसमें पूर्ण आत्मीयता हो, त्याग और बलिदान हो...अथाह प्रेम हो' माँ कहलाती है।

मैं ही तुम्हारी माँ हूँ मान्या.... तुझे बहुत पढ़ना है.... हम सबका स्वप्न पूरा करना है.....! माँ कहती थी मान्या को डॉक्टर बनाना है..... गाँव की गरीब महिलाओं का इलाज करवाना है....फिर एक खूबसूरत सा राजकुमार आएगा और तुम्हारे जीवन को नई दिशा देगा। दीदी का स्नेह और जिम्नेदारी देख मान्या खुशी से लिपट गई.... ! और रीमा उसके सपने सच करने के सपनो में...माँ होने का एहसास ही मन को मजबूत बना देता है.... और त्याग की भावना से ममता को सशक्त।

सगुन की सगरी

सन्ध्या आज बहुत उदास थी, यह पहली करवाचौथ था जब राकेश नहीं थे, देश की सुरक्षा में शहीद हो गए थे, पर वो हमेशा कहते 'सन्ध्या बच्चों को कभी मेरी कमी महसूस मत होने देना' पर शायद राकेश यह नहीं जानते थे कि उनकी सन्ध्या राकेश के बिना अमावश की काली रात बन जाएगी।

युद्ध में जाने से पहले फोन किया था 'सन्ध्या मैं विजयी होकर लौटूंगा' तुम्हारा चाँद करवाचौथ को जरूर आएगा, अपनी वीरता की आभा लिए... तुम जरा भी चिंता मत करना.....! और हाँ बहू की पहली चौथ है... खूब अच्छी तैयारियां करना.... सबको बुलाना... कोई कमी मत रखना ...फिर स्वर मद्धिम हुआ.... बोले सन्ध्या.... अगर..न...लौट... सकूँ...तो... भी बहु का पहला करवाचौथ है.... उसे अच्छे से मनवाना ये मेरी अंतिम इच्छा माँ लेना...! सन्ध्या को गुस्सा आ गया व्यर्थ की बाते शोभा नहीं देती जब बात करते हो मन दुखी कर देते हो... अपना ख्याल रखना और जल्दी लौट आना इस बार एक महीने की छुट्टी लेकर आना दीपावली सब साथ मनाएंगे..।

पर दुर्भाग्य, रात को आतंकवादियों ने उनके कैम्प पर गोलीबारी कर दी, और बहुत सारे सैनिक शहीद हो गए। पर सन्ध्या को राकेश के आखिरी शब्द बेचैन कर रहे थे, बहू की पहली करवाचौथ अच्छे से मनाना...! सन्ध्या का राकेश सदा सदा के लिए डूब चुका था उसके लिए इस त्योहार का मतलब ही खत्म हो गया था.. वह क्या करे.. फिर अनमने मन से उठ कर आभा के पास आकर बोली 'बहु मेहंदी लगवा लो कल करवाचौथ है.... रवि के पापा की यही इच्छा थी...।

आभा ने मेंहंदी लगवाई वो बहुत खुश थी सुबह जब आभा सोकर उठी तो उसने देखा सासु माँ एक थाल में नए कपड़े गहने सुहाग का सामान और कुछ फल मीठा लेकर उसे देने आ रही हैं। आभा ने पूछा 'ये सब क्या है

माँ..? सन्ध्या ने कहा ये सरगी है बेटा जो हर सास अपनी बहु को देती है... तुम्हारा पहला व्रत है.. मुझसे जो बना मैं लाई हूँ ... रवि के पापा ने बड़े प्यार से ये सब मुझे दिलाया था पर अब यह सब तुम रख लो.. उनका और हमारा आशीर्वाद है'।

आभा दो कदम पीछे हट गई.....'नहीं ...नहीं.... मैं आपसे ये सब नहीं ले सकती' मेरा पहला 'करवा चौथ' है, मैं कोई अपशगुन नहीं चाहती....! कहकर वह कमरे की तरफ भाग गई। सन्ध्या के हाथों से सरगी का थाल छूटकर नीचे जा गिरा...! थाल गिरने की आवाज़ सुनकर रवि कमरे से बाहर आ गया, क्या हुआ माँ....? तभी आभा ने बाहर आ कर रवि से कहा माँ सरगी में अपने गहने कपड़े मुझे देने आए थी यह अपशगुन है मैं किसी विधवा के गहने कपड़े नहीं ले सकती, बस यही कहा था हमने .... रवि ने माँ को समझते हुए कहा माँ आप इतनी समझदार होकर ऐसा कैसे कर सकती हो, आभा का पहला करवाचौथ है कम से कम इसका ख्याल तो रखती, हम इतने सक्षम तो है कि त्यौहार में नया ले सके, पापा की इतनी पेंशन आपको मिलती है देना था तो उसी में से दे देती, सुबह सुबह फालतू का तमाशा किया।सन्ध्या के पैरों तले से जमीन ही खिसक गई शायद राकेश को नहीं मालूम था, जिस त्योहार को वो अच्छे से मनाने की जिम्मेदारी दे गई थे, वो तो उनके जाते ही खत्म थी, अब वो केवल एक विधवा थी, अपशगुनी विधवा ....!उसे पता ही नहीं था कि उसके जीवन की यह अमावश अब किसी को रास नहीं आएगी... जो माता पिता अपने बच्चों को खुद से ज्यादा देते हैं, जिनकी पेंशन पर वो इतना हक जताते हैं, उनके ही आशीर्वाद को 'एक विधवा' का अपशगुन कहते एक पल भी न लगा... रिश्तो का नया रूप देखकर हैरान थी सन्ध्या एक व्यक्ति के न होने से सारे रिश्ते ही बदल जाते हैं.... कल तक वह पत्नी थी.... माँ थी.... सास थी......पर आज केवल एक अपसगुनी ये कैसा रिश्ता था जो उसे अब जीना था... सचमुच राकेश के बिना तो जीवन काली सघन अमावश जैसा ही था... जहां से हर रिश्ता अजनबी सा दिखाई देता था।

वजूद

वंदना के नेत्रों से अविरल अश्रुधार बह रही थी, माँ के आंचल से लिपट कर बोली...माँ पापा की मौत के बाद आपने मुझे चिकित्सक बनाने में सब कुछ लगा दिया.... पर वरुण को मेरा कहीं आना जाना पसंद नहीं....किसी से मिलना जुलना पसन्द नहीं....बस घर पर रहो....परिवार का ख्याल रखो...वो पेशे से वकील हैं.... इसलिए हर रिश्ते में उन्हें शक ही करते हैं.... मैं सबका ख्याल भी रखती हूं माँ..... पर उन्हें मेरा चिकित्सक बनना पसन्द नहीं....देखो न माँ कल ही मेरे सहयोगी डॉ विशाल घर आये....कुछ जरूरी विचार विमर्श था...एक बेहद गम्भीर मरीज का ऑपरेशन था उसके बारे में कुछ गम्भीर चर्चा करनी थी, विशाल के जाते ही उन्होंने मुझे बहुत पीटा.... न जाने कितनी बुरी और गन्दी बाते कहीं... बेहद शर्मनाक लांछन भी लगाए ..और... घर से निकाल दिया....इसमें मेरा क्या गुनाह है... कि पत्नी बन जाने के बाद औरत को अपना वजूद भूल जाना चहिये, क्या शादी के बाद औरत सिर्फ पत्नी ही रह जाती है... पुरुष के हाथ की कठपुतली..जो उसे पसन्द हो वही स्त्री को करना चाहिए...जैसा चाहे वैसा पत्नी को रखे...क्यों...? स्त्री पर ही सवाल क्यों... माँ..! पुरुष पर क्योंनहीं....? वक्त बदल रहा पर पुरुषों की सोच आज भी कहीं न कहीं कुंठित है... क्यों..?

नहीं.... बेटा बिल्कुल नहीं....स्त्री धरा की सदृश है.... एक सीमा तक सहन करती है.... वह प्रेम की सलिला है तो क्रोध की अग्नि भी....मीरा बनकर विषपान करती है... तो रणचंडी बनकर अत्याचार का अंत भी,.... पन्ना धाय सा बलिदान भी देतीहै.... मनु सी साहसी है नारी ...अपने वजूद को बचाना होगा....तुम्हारी जरूरत गरीब लाचार बीमारों को हैं.... अगर तुम्हारी नौकरी से वरुण को नुकसान है, या उसे तुम्हारी ज्यादा जरूरत है तो अवश्य तुम्हारा फर्ज होगा, कि तुम वरुण का साथ दो, पर यदि उसकी माँग बेवजह है निरर्थक है, तो अन्याय है न केवल तुम्हारे साथ वर्ण उन बीमार

मरीजो के साथ भी जिन्हें तुम्हारी जरूरत है। उठो खुद को पहचानो..जाओ मुंह धो लो और अपने वजूद की तलाश करो।

वन्दना ने मुहँ धोकर आईने में देखा 'खुद को पहचानो' माँ का शब्द गूंज उठा...वरुण से ज्यादा लोगों को उसकी जरूरत है.... वो एक चिकित्सक है.... यही उसका असली वजूद है.... जिसे मैं मिटने नहीं दूँगी....और आत्मविश्वास से भरी मुस्कान वन्दना के अधरों पर बिखर गई।

नए संकल्प नए विचारों के साथ अपने वास्तिविक वजूद को पुनः स्थापित कर सकी।

वरदान

समिया....! शुभि का ध्यान रखना...! मैं तरण ताल में तैराकी करूँगी....तुम इधर उधर ध्यान मत लगाना.......समझी....! मोनिका ने पन्द्रह वर्षीय समिया से कहा और अपनी सहेलियो के साथ ताल में उतर गई। दो वर्षीय शुभि की देखभाल समिया को ही करनी थी....एक घण्टे बाद मोनिका पानी से बाहर आई...सहेलियां कपड़े बदलने चली गई, शुभि बहुत रो रही थी, इसलिए मोनिका शुभि की तरफ बढ़ी....और फिसलकर तरण ताल में लगे सीढ़ी के पाइप से टकराकर ताल में अचेत होकर गिर पड़ी... ..समिया ने जल्दी ही शुभि को तीर के समान दौड़कर दूर बैठाया....और ताल में कूद गई.....जल्द ही खींचकर मोनिका को बाहर निकाला....और पानी की तरफ बढ़ रही शुभि को बिजली की तेज गति से गोद मे उठा कर जोर जोर से आवाजे लगाई... तभी सुरक्षा गार्ड अंदर आया और मोनिका को प्राथमिक चिकित्सा दी।

मोनिका की सहेलियां भी आ गई और सुरक्षा गार्ड को धमकाने लगी....मोनिका को होश आया तो समिया की गोद मे शुभि रो रही थी, और समिया के नेत्रों से भी अश्रुधार बह रही थी।

सहेलियों ने समिया के सिर पर हाथ फेरकर कहा 'प्रतिभा किसी की मोहताज नहीं यह ईश्वरीय वरदान है.... जो इतनी छोटी सी बच्ची में आज देखा...हम दो महीने में भी अच्छे तैराक नहीं बने....ये गांव के तालाबों में ही सारा हुनर सीख गई.....और बिना झिझक पानी मे कूदकर तुम्हारी जान बचाई....नमन इसके इस जज्बे को इसके इस हुनर को...और इसकी निष्ठा को।

काश हम सब ऐसी प्रतिभाओं को ढूंढ कर उन्हें आगे बढ़ाएं...न जाने कितने कलाकार गुमनामी की जिंदगी जीते हैं... हमारा हिंदुस्तान अनेकों प्रतिभाओं और कलाकारों का कुम्भ है। काश उन्हें सही मार्गदर्शन मिले....

ताकि देश को अच्छे कलाकार मिले और इनकी जरूरतें भी पूरी हो।

मोनिका को जब होश आया तो उसने समिया को अच्छी तैराक बनाने का फैसला लिया, और उसकी सहेलियों ने भी वादा किया कि छोटे बच्चों को हम नौकरी में नहीं रखेंगे, एक तो यह कानूनन अपराध भी है, हम इनके वास्विक हुनर को सही दिशा देंगे...और इन्हें शिक्षा दिलवाने में मदद भी। समिया की आंखों से खुशी के आँसू निरन्तर बह रहे थे...एक ओर मोनिका को बचाने की खुशी और दूसरी ओर उसे शिक्षा और तैराक सिखाने की।आज ईश्वर ने मानो उसे बाल श्रमिक से मुक्त कर, शिक्षा का वरदान दे दिया हो। विनम्रता और कृतज्ञता से उसने मन ही मन ईश्वर को धन्यवाद दिया।

डॉ. अनिता राठौर मंजरी

शिक्षा	:	एम.ए (हिंदी साहित्य) पी.एच. डी (प्रसिद्ध कहानीकार दिनेश पालीवाल की कहानियों पर शोध)
निवास	:	आगरा (उ.प्र.)
प्रकाशित रचना	:	गृह शोभा, सरिता, मुक्ता, सरस सलिल, चंपक, सखी, वनिता, मेरी सहेली, गृह लक्ष्मी, नारी शोभा, गृह नंदिनी, अमर उजाला के अतिरिक्त सामाजिक पत्र पत्रिकाओ एवं कॉलेज पत्रिकाओं में रचनायें प्रकाशित।

वर्तमान अंकुर (नोएडा) द्वारा साहित्य में उत्कृष्ट योगदान के लिये कथा गौरव सम्मान।

विश्व मैत्री मंच, भारत एवं साहित्य साधिका समिति, आगरा के संयुक्त तत्वाधान में आयोजित 'राष्ट्रीय हिंदी सम्मेलन-2019' में सारस्वत सम्मान।

आत्मसम्मान

प्रसव के दौरान देवरानी पलक की मौत ने मुझे भीतर तक झकझोर दिया –उसकी उम्र ही क्या थी? 'मौत उम्र नहीं देखती उसे जब आना है वह आ ही जाती है' मन को समझाते हुए मैं उसकी नवजात बेटी को कमरे में सुलाने गई तो वहां मेरी ताई सास अपनी बहु मीना को पाठ पढ़ा रहीं थीं, 'मीना, तू अपने मायके खबर कर दे। तेरे घर वाले मातमपुर्सी के लिए आ भी जाएंगे फिर मौका देखकर तेरी बहन रीना के रिश्ते की बात पल्लव से चला देंगे। बच्चों की खातिर शादी के लिए पल्लव मान भी जायेगा।'

ताई जी की इस निम्न सोच पर मेरा मन रो पड़ा। अभी पलक को गुजरे मात्र एक दिन ही हुआ है और इन्हें सूझी है पल्लव की दूसरी शादी की। कभी बिगड़ैल और जिद्दी रीना की शादी की बात पल्लव से चली थी लेकिन पल्लव ने साफ इंकार करते हुए अपनी सहकर्मी पलक से प्रेम विवाह किया था और मैंने उनका साथ दिया था। इस वजह से माँ जी और ताई जी मुझसे चिढ़ गयीं थीं।

उधर रीना की भी शादी हो चुकी थी लेकिन उसके झगड़ालू स्वभाव के कारण दो साल के अंदर ही उसका अपने पति से तलाक हो चुका था।

पल्लव पलक की पहली संतान बेटा प्रांजल था जो लगभग ४ वर्ष का था। दूसरी बार जब पलक गर्भवती हुई तो उसने वह बच्चा मुझे देने का वचन दे दिया। यह सुनकर मेरी आंखों में आंसू आ गए। १० वर्षों से सूने पड़े ममता के आंगन में अचानक यूं बहार आ जायेगी मैंने सपने में भी नहीं सोचा था। उसके इस निर्णय पर मैंने भावातिरेक से उसे गले लगा लिया। देवरानी जेठानी के मध्य ऐसी आत्मीयता कम ही देखने को मिलती है लेकिन मेरा और उसका रिश्ता देवरानी जेठानी के रिश्ते के अलावा एक अच्छे दोस्त का भी था। जो बहुत आत्मीय, अटूट और भावना प्रधान था।

लेकिन होनी को कौन टाल सकता है प्रसव के दौरान आई गहन

जटिलताओं के कारण पलक की मौत हो गई। लेकिन डॉक्टरों ने बच्चे को बचा लिया। उसको अपनी कोख जाई संतान समझ कर सीने से लगा लिया।

शाम को ताई जी माँ जी से बोलीं, 'कांता, पलक तो चली गई लेकिन अब यह सोच पल्लव और उसके बच्चों का क्या होगा?'

'हां जीजी, यही चिंता तो मुझे घुन की तरह खाए जा रही है।बच्चों का क्या होगा? पल्लव की अभी उम्र ही क्या है? बेचारा कैसे काटेगा बिन औरत के अपना पहाड़ सा जीवन?'

माँ जी की इस सोच पर क्रोध आया मुझे उन्हें पलक की मौत का ग़म नहीं इस बात की फिक्र है कि वह बिन औरत के जीवन केसे काटेगा?

'अब जीजी तुम ही कोई लड़की बताओ जो मेरे बेटे से शादी करके उसके बच्चों को अपना ले।'

'क्यों चिंता कर रही है कांता? अपनी मीना की बहन रीना है ना? वह तो अब भी तैयार है शादी के लिए बस पल्लव मान जाए।'

'लेकिन जीजी, रीना तो तलाकशुदा है। '

'तो तेरा बेटा कौन सा कुंवारा है? वह तो विधुर होने के साथ साथ दो बच्चों का बाप भी है। क्या कमी है रीना में सुंदर है जवान है और फिर उसके घरवाले दहेज में मोटी रकम भी तो देंगे, आखिरी बात ताई जी ने बड़े धीरे से माँ जी के कान में कहीं।

शायद ताई जी की आखिरी बात ही माँ जी की समझ में आ गई क्योंकि पल्लव की शादी में दहेज जो नहीं मिला था इसी वजह से माँ जी पलक से हमेशा नाखुश रहीं।

'ठीक है जीजी, मैं मौका देखकर पल्लव से बात कर लूंगी।'

'कांता, जब लोहा गरम हो चोट तभी करनी चाहिए। अभी पल्लव दुःख में डूबा है और उसके सामने बच्चों के भविष्य का सवाल है वह बच्चों का मुंह देखकर पिघल जाएगा और शादी के लिए हामी भर देगा।'

देवरानी जेठानी की यह बातें सुनकर मुझे बहुत दुख हुआ।

रात के खाने के बाद सभी के सामने माँ जी पल्लव से बोलीं, 'बेटा, पलक तो अब हम सबको छोड़कर चली गई लेकिन मुझे तेरी और तेरे मासूम छोटे बच्चों की चिंता खाए जा रही है मुझ बूढ़ी का क्या भरोसा आज हूं कल नहीं इसलिए चाहती हूं तू रीना से शादी करके अपना घर बसा ले। बच्चों को माँ भी मिल जायेगी और तेरा अकेलापन भी दूर हो जायेगा।'

'माँ, मैं दूसरी शादी नहीं करूंगा। प्रांजल 4 वर्ष का हो चुका है और स्कूल जाने लगा है उसे संभाल लूंगा मैं रही बात बिटिया की वह तो भाभी की है क्योंकि उसके होने से पहले ही पलक ने भाभी को दे दिया था रही बात मेरी तो मैं पलक की यादों के सहारे अपना जीवन काट लूंगा।'

अपनी चाल को नाकाम देखकर ताई जी और माँ जी दोनों ही भड़क गईं। माँ जी तो मेरी तरफ मुखातिब होते हुए बोलीं, 'अरे जिस औरत के खुद के बच्चे ही नहीं हुए हों भला वह पराये बच्चों को कैसे संभालेगी? फिर पल्लव से चुनौती भरे स्वर में बोलीं, 'और तू अपना पहाड़ जैसा जीवन पलक की यादों के सहारे काटने को कह रहा है यह तू अभी भावात्मक जोश में बोल रहा है। भरी जवानी में बिन साथी के रहना मुश्किल है।'

माँ जी की यह बात सुनकर मेरे अंदर क्रोध का ज्वालामुखी फूट पड़ा, 'अगर मैं बच्चों को नहीं संभाल सकती हूं तो क्या गारंटी है कि रीना या कोई अन्य लड़की बच्चों को संभाल लेगी?'

'और हां मांजी, आप कह रही हैं कि कोई भरी जवानी में बिन साथी के रह नहीं सकता लेकिन आपके सामने इसका जीता जागता प्रमाण मैं हूं। मैं अपने साथी के साथ रहते हुए भी अपने साथी के उस साथ से दूर हूं जिसकी आप बात कर रही हैं।'

शादी की पहली ही रात को मालूम हुआ कि शेखर 'नाकाबिल' हैं, सुनकर मुझे भी झटका लगा लेकिन उन्होंने पूरी ईमानदारी और विश्वास से बताया कि उन्हें भी इस बात का अभी पता चला है अगर यह बात उन्हें

मालूम होती तो तो वह शादी ही नहीं करते।सरल हृदय शेखर ने उसी रात यह निवेदन किया कि वह उन्हें त्याग कर दूसरा विवाह कर ले। वह मुझे तलाक देकर आजाद कर देंगे।

लेकिन उनकी ईमानदारी और विश्वास देखकर और यह जानते हुए भी कि पेट की भूख की तरह तन की भूख भी वक्त वक्त पर विचिलत करती है। अपनी इच्छाओं और कामनाओं को काबू में करने का मन ही मन प्रण लेते हुए मैंने उन्हें सच्चे दिल से यह सोचकर स्वीकार कर लिया आजीवन कुंवारे रहने वाले, विधवा और विधुर भी तो जीवन गुजारते हैं।

शेखर सब सुन रहे थे। उनके सीने से लगकर रो पड़ी, 'प्लीज शेखर, मुझे माफ कर दो मैं यह सब नहीं बताना चाहती थी लेकिन जब चोट मेरी ममता पर की गई तो मैं खुद को ना रोक सकी।'

'शानू, अच्छा हुआ जो आज तुमने सबके सामने यह सच बता दिया वरना मैं बाकी जिंदगी अंदर ही अंदर घुटता रहता लेकिन मैं जानता हूं तुम्हारे इस त्याग की चर्चा नहीं होगी क्योंकि तुम औरत अगर यही त्याग किसी पुरुष ने किया होता तो उसकी सहनशीलता के किस्से चारों तरफ फैल जाते।'

शेखर ने सच ही कहा यह सब सुनकर भीड़ ऐसे छंट गई जैसे कोई तमाशा खत्म हो गया हो ताई जी बड़बड़ाती हुई चली गईं। मांजी सिर्फ इतना बोलीं 'शानू, मुझे तुम पर पूरा भरोसा है कि तुम बच्चों को अच्छे से संभाल लोगी पल्लव शादी करे या न करे यह उसका निजी मामला है' यह कहकर माँ जी ने अपने कर्तव्य की इतिश्री कर ली।

रिटायरमेंट

सिर्फ ३ माह शेष रह गए हैं यशवंत जी के रिटायरमेंट को। इन दिनों वह बेहद परेशान और तनाव में रहने लगे हैं यह सोचकर कि रिटायरमेंट के बाद आखिर वह सारा दिन करेंगें क्या? कितना अखबार पढ़ेंगे? कितना टी वी देखेंगे? रोज रोज किसके घर जाएंगे? बेमतलब घर से बाहर जाकर करेंगे भी क्या? अभी तो सुबह चाय, अखबार, स्नान, नाश्ता और ऑफिस की तैयारी में गुजर जाती है पल भर की भी फुर्सत नहीं मिलती। शाम को थके हारे लौटते हैं फिर चाय पीने के बाद थोड़ा टी वी देखते हैं फिर भोजन और उसके बाद बेफिक्री वाली गहरी नींद। छुट्टी वाले दिन तमाम काम निकल आते हैं। बेटा बेटी दोनों की शादी कर चुके हैं। दोनों अपनी अपनी गृहस्थी में खुश हैं।

सेवा निवृति के पश्चात जब घर पर फालतू होंगे तो पत्नी भी भाव नहीं देगी। हो सकता है सुबह की चाय की जिम्मेदारी उन्हें सौंपकर निश्चिंत हो जाएं और कहे सारी जिंदगी सुबह उठकर चाय बनाई है अब तुम बनाओ। घर की बाई भी उन्हें यूं रोज घर में पड़ा देखकर मन ही मन हँसेगी और अपने आदमी की तरह उन्हें भी निकम्मा, नकारा और कामचोर समझेगी। बच्चे भी फोन पर व्यंग्य से पूछेंगे, पापा आप पूरा दिन घर में गुजार कैसे लेते हो? अब मम्मी की हेल्प किया करो बेचारी सारी जिंदगी घर के कामों में खटती रहीं। आपके रिटायरमेंट से चलो अब उन्हें कुछ तो आराम मिल जायेगा।

यही सोच सोच कर परेशान हो उठे। ब्लड प्रैशर हाई हो गया ।जानबूझ कर दवा नहीं ली ।मन में आया नौकरी के रिटायरमेंट से पहले ही इस जिंदगी से रिटायरमेंट मिल जाए तो आगे की फालतू और नकारा जिंदगी से छुटकारा मिल जाएगा।

ज्यों ज्यों उनके रिटायरमेंट का वक्त करीब आने लगा त्यों त्यों उनकी

शारीरिक और मानसिक स्थिति असंतुलित होने लगी।नकारात्मक विचारों और सोच से वह अत्यधिक चिड़चिड़े, जिद्दी और क्रोधी प्रवृत्ति के हो गए। बिना वजह पत्नी पर चिड़चिड़ाने लगते ऑफिस में अक्सर बिना बात पर सहकर्मियों से झगड़ने लगते। बच्चों के फोन आने पर उनसे ठीक तरह से बात नहीं करते।

उनके व्यवहार में अचानक आए इस परिवर्तन पर उनकी पत्नी सरला ने गौर किया और उनसे कहा, 'आजकल आपका व्यवहार कुछ अजीब सा हो गया है और स्वास्थ्य भी दिन प्रतिदिन गिर रहा है। आप अपनी नियमित दवाई भी नहीं ले रहे हैं। आखिर बात क्या है? जरा मुझे भी तो बताओ।'

यह सुनकर वह भड़क गए, 'मैं नहीं खाना चाहता दवाई क्योंकि मैं मरना चाहता हूं, अपने रिटायरमेंट से पहले मैं अपनी जिंदगी से रिटायर होना चाहता हूँ।'

'कैसी बातें कर रहे हैं आप? मैने और बच्चों ने तो आपके रिटायरमेंट पर एक भव्य पार्टी का प्लान बनाया है।'

'अच्छा तो भविष्य में मैंने फालतू, नकारा और निकम्मेपन की खुशी में पार्टी की तैयारियां भी शुरू कर दी तुम लोगों ने', वह व्यंग्य से बोले।

'यशवंत जी, आप पहले आदमी नहीं हैं जो अपनी सेवाओं से रिटायर हो रहे हो। हर आदमी या औरत जो नौकरी करते हैं वह अपनी सेवाएं पूर्ण हो जाने के पश्चात सेवा निवृत होते ही हैं। यह कोई नई बात नहीं है', सरला जी उन्हें समझाते हुए बोलीं।

'लेकिन सरला, मैं अपने रिटायरमेंट को लेकर शारीरिक और मानसिक रूप से बेहद असहज हूँ। समझ नहीं आ रहा कि रिटायरमेंट के बाद आखिर करूँगा क्या मैं?' वह अचानक भावुक हो उठे।

'परिवर्तन प्रकृति का नियम है यशवंत जी, इसी तरह मानव जीवन में भी जन्म से लेकर मृत्यु तक अनेक परिवर्तन और महत्वपूर्ण घटनाएं जैसे शादी ब्याह, बाल बच्चे, सुख दुःख आदि घटते ही रहते हैं इसी अवधि में

अपनी सेवाओं से रिटायर होना भी अपने जीवन की एक महत्वपूर्ण घटना और परिवर्तन जैसा ही है इसे हमें बहुत ही सहज, सरल और स्वाभाविक रूप से स्वीकार करना चाहिए। तुम्हारी तरह मैं भी अपनी रजोनिवृती को लेकर मानसिक और शारीरिक रूप से भयभीत थी। मैं भी चिड़चिड़ेपन, अवसाद, क्रोध और विषाद आदि से ग्रस्त थी। तमाम शारीरिक और मानसिक परेशानियों को झेलते हुए खुद को कोसती थी कि ऐसी स्थिति से तो बेहतर मर जाऊं मैं। लेकिन एकाग्रचित होकर शांत और ठंडे मन से सोचा, यह तो नारी शरीर की एक स्वभाविक घटना है एक प्राकृतिक अवस्था है। इससे तो सभी स्त्रियों को एक ना एक दिन गुजरना ही है तो फिर इससे कैसा घबराना? उचित आहार विहार, आचरण, व्यस्त दिनचर्या, अपने शौक और सकारात्मक सोच से खुद को ढाल लिया और इस अवस्था का खुले दिल से स्वागत किया। सच बताऊं तो मैं अब शारीरिक और मानसिक रूप से बिल्कुल स्वस्थ हूँ।'

'यशवंत जी, आप भी रिटायरमेंट के बाद की फिजूल और बेसिर पैर की कल्पनाओं को लेकर आशंकित और भयभीत ना हों इसे अपने जीवन का सुखदाई परिवर्तन और एक स्वभाविक घटना समझकर खुले दिल से इसका स्वागत करने के लिए मानसिक और शारीरिक रूप से तैयार रहें। बस उसके बाद स्वयं को परिस्थितियों के अनुसार ढालने के लिए अपनी दिनचर्या, स्वास्थ्य और खान पान पर विशेष सतर्कता और सावधानी बरतनी होती है इसके साथ ही अपने जीवन के प्रति सकारात्मक सोच और आशावादी दृष्टिकोण से तन मन दोनों ही संतुलित और स्वस्थ रहते हैं। फिर देखो यह जीवन कितना सुंदर, प्यारा और अनमोल लगता है।'

'शायद तुम ठीक कह रही हो सरला, मैं बेकार में ही रिटायरमेंट के बाद की जिंदगी को लेकर भयभीत और आशंकित हो उठा था लेकिन अब मैं तुम्हारी सकारात्मक सोच और बातें सुनकर परेशान, निराश और भयभीत नहीं हूँ बल्कि अति उत्साहित हूँ उसका स्वागत करने के लिए क्योंकि यह मेरे जीवन की एक महत्वपूर्ण घटना है इसे मैं दुर्घटना बनाकर उसका स्वरूप

नहीं बिगाड़ना चाहता बल्कि अपनी जिंदगी का यादगार, शानदार और हसीन लम्हा एक पार्टी के रूप में बनाकर ताउम्र तुम्हारे साथ प्यार और खुशी से जीना चाहता हूं', कहते हुए यशवंत जी ने सरला को अपने गले से लगा लिया।

अपर्णा मिश्रा

परिचय

वर्तमान में चिकित्सा अधिकारी के पद पर कार्यरत,

पेशे से चिकित्सक परन्तु हृदय से लेखिका।

कुछ साझा संग्रह में कवितायें और लघु कथा प्रकाशित।

विधा लघुकथाएं, कहानियाँ, उपन्यास,

कवितायें, गजलें लिखने में रूचि। स्टोरी मिरर,

प्रतिलिपी आदि में लेखन कार्य।

संगिनी

आज आंसू हैं कि रुकने का नाम ही नहीं ले रहे, पर उन्हें आंखों में रोके रहना मजबूरी है, बहुत नज़ाकत से हल्के हाथों से ही टिशू से आँखों की कोर पोंछ रही हूँ।

'मानसी no dear, plz don't spoil...पूरा मेकप खराब हो जायेगा।'

मेरी ब्युटिशियन, मेरी सखियाँ, सभी समझा रहीं थीं मुझे कि अपनी शादी के दिन ऐसे कौन रोता है भला।

तभी नीचे से बुलावा आ गया, जयमाला के लिये, मुझे मेरी सखियाँ, बहनें नीचे ले चली।

जयमाला हुई, फेरे फिरे और मेरी मांग में अनुराग ने सिन्दूर भर दिया। दुल्हने सतरंगी अरमान लिये जातीं हैं, मैं राहुल की यादों की पोटली लिये ससुराल चली।

शादी के दूसरे दिन सत्यनारायण पूजन में एक बार फिर गठजोड़ कर के हमें साथ बैठाया गया, तब भी अपने जीवन संगी को अच्छे से देख नहीं पायी।

फिर घूमने फिरने हमें ऊटी भेजा गया, पहली बार फ्लाइट में इन्हें भर आँख मैंने देखा, इनमें ऐसा क्या दिखा मेरे पिता को, वही ढूंढने की कोशिश करती रही। कहाँ उनकी चम्पा चमेली सी लड़की और कहाँ ये खडूस। समझ आ गया बाबा को सिर्फ लड़के की कलक्टरी ने ही रिझाया था।

कितने मनोयोग से बी एस सी प्रथम वर्ष में प्रवेश लिया था, वहाँ पहुचते ही सीनियर की रैगिंग का शिकार होना पड़ा, उफ्फ एक गाना ना गा पाने के कारण ही राधिका मैम ने बहुत ज़ोर की लताड़ लगायी, पर तभी किसी की गहरी आवाज कानों में पड़ी।

'अरे राधा, उन मोहतरमा को मत परेशान करो भाई, देख नहीं रही,

कितना घबरा गयी है, जाइये, जाईये आप अपनी क्लास में जाइये।'

जान बचा कर जो भागी मैं, पर जाते जाते अपने उस मसीहा को देख लिया मैंने, राहुल!

अन्तिम वर्ष का होनहार छात्र, जितना होशियार उतना ही मनोहारी, गोरा, लम्बा चौड़ा, ऐसे जैसे फिल्मी हीरो।

उसके बाद हमारी दोस्ती हो गयी, जो जल्दी ही प्यार में बदल गयी, सभी सहेलियां राहुल के नाम से छेड़तीं, ऐसा लगता जीवन सफल हो गया मेरा।

साथ साथ समय बहता गया, मैं अन्तिम वर्ष में आ गयी, मैं शादी चाहती थी पर राहुल करिअर।

सही भी तो था, मैं रुकने को तैयार भी थी पर जाने कहाँ से दुर्भाग्य ने जीवन में दस्तक दे दी।

मेरी फुफी की बेटी की शादी में अनुराग की माताजी ने मुझे देखा, परिवार के बारे में पता किया और झट रिश्ता भेज दिया।

बाबा तो फूले नहीं समाए, इतने बड़े घर का लड़का वो भी प्रथम प्रयास में बना कलेक्टर, उनकी नज़र में तो उनकी पुत्री का सौभाग्य द्वार खुल रहा था।

ऊटी से लौटने के बाद हम अनुराग की नौकरी वाले शहर में आ गये, प्रथम नियुक्ति थी इसी में एक छोटा सा कस्बा ही था, वहाँ भी सारे प्रशासनिक अधिकारियों की एक अलग कॉलोनी थी।

हमारा जीवन भी चल निकला, बाकी दम्पत्तियों की तरह, शान्त और सुगम।

मैंने अनुराग से कभी कोई शिकायत नहीं की ना उन्हें मौका दिया, पर ये आदमी कभी मेरे हृदय में जगह नहीं बना पाया।

एक दिन अचानक फोने बजा 'हेलो ! मनु मैं बोल रहा हूँ राहुल।'

'यार तुमने अपना मोबाईल नंबर भी बदल दिया, हद करती हो, ये भी नहीं सोचा मेरा क्या होगा?'

'हेलो राहुल, कैसे हो तुम?'

'मैं ठीक हूँ, अभी ये बताओ, तुम हो कहाँ। मैं मिलने आना चहता हूँ। मिलोगी ना, या शादी हो गयी तो भूल गयी हमें।'

'हां, मिलूंगी। बाद में बात करती हूँ, अभी दरवाज़े पे कोई है।'

बहाने से फोन काट दिया, दिल की धड़कने इतनी तेज हो गयी कि सच में दरवाजे की आवाज कानो में नहीं पड़ी।

फिर जाने अनजाने राहुल से बाते शुरु हो गयी, छोटे मोटे संदेशों का आदान प्रदान, फोटो की अदला बदली, जीवन फिर सुखमय होने लगा।

एक दिन ऐसे ही राहुल में खोयी मैं सब्जी काट रही थी, उंगली कट गयी। खुद ही अल्हड़ सी पट्टी बांध ली। अनुराग ने नाश्ते के बीच पुछा भी 'ये क्या लग गया मानसी।'

उफ्फ इस आदमी को बात भी तो करना नहीं आता, कौन आदमी होगा संसार में जो अपनी रूपसी पत्नी से ऐसे बोलता होगा, मानसी ! अरे मानू बोल लो, मनु बोलो, मोना बोलो पर नहीं मानसी !

मैंने भी उतनी ही रुखाई से जवाब दिया–'कुछ नहीं प्याज काटते में कट गया।'

इन्होंने नाश्ता खतम किया और ऑफिस चले गये।

ऐसी आग लगी कि क्या कहूँ, मैं भी द्वार भिड़ा कर राहुल को संदेश भेजने में व्यस्त हो गयी। राहुल को इनकी सारी करनी बताती हूँ।

मुझे अचंभित करते हुए अनुराग दोपहर अचानक घर चले आये, अपना टिफिन डब्बा भी साथ लाये थे। आते ही बोले 'मानसी जल्दी तैयार हो जाओ, मैं रास्ता देख रहा हूँ।'

'कहाँ जाना है।' पर मेरा सवाल हवा में ही खो गया, इनका अर्दली इनके सामने कोई मुझसे कहीं ज़्यादा ज़रूरी फाइल खोल चुका था, और ये उसमें डूब चुके थे।

मैं अन्दर गयी, मुझे दस मिनट भी नहीं बीते कि इनकी आवाज आयी, 'हो गयी तैयार।'

हे ईश्वर क्या करूँ इस आदमी का, इस संसार में कौन ऐसी स्त्री होगी जो सिर्फ दस मिनट में तैयार हो जाये। अभी तो मैं अपनी आलमारी खोले यही देख रही थी कि क्या पहनूँ। तभी जिलाधीश महोदय फिर गरजे 'मानसी तुम्हे वापस घर छोड़ मुझे टी एल मीटिंग के लिये जाना है। जल्दी कर लो।'

लगा आलमारी के दरवाजे पे अपना सर फोड़ लूँ। जैसे तैसे १५ मिनट में तैयार होके बाहर आयी, हमेशा की तरह इन्होंने देखना भी ज़रूरी नहीं समझा। हम कार में बैठे चल दिये।

कॉलोनी में ही एक छोटा सा अस्पताल था, गाड़ी वहाँ जाकर रुकी।

मैं जब तक अपनी गुलाबी सितारों वाली साड़ी का आंचल बचाती उतरी ये लपक के काऊंटर पर पहुँच के कुछ फॉर्म भरने लगे।

उफ़! अगर किसी मरीज को ही देखने आना था तो एक बार बता ही देते, मैं इतनी गहरी लाल लिपस्टिक तो ना लगाती, मुझे तो लगा कहीं बाहर लंच पे लेके जा रहे हैं।

ये पर्ची लिये एक कमरे में दाखिल हुए, पीछे मैं भी। वहाँ बैठी डॉक्टरनी ने पूछा–'अरे आईये कलेक्टर साहब, क्या तकलीफ हो गयी आपको।'

'जी मुझे नहीं, इन्हें' 'असल में सुबह इनकी उंगली कट गयी।'

'ओहो वाह is she your wife....she is quite a mouth full'

उस सात्विकी साऊथ कॉटन साड़ी धारिणी के सामने मेरी रेशमी साड़ी मुझे डंक मारने लगी।

क्या सोच रहे होंगे सब, टी टी इन्जेक्शन लगवाने कौन इतना सज के

आता है।

हम घर पहुंचे, अनुराग उस दिन बिना खाए ही चले गये, मीटिंग का समय हो गया था। आज की कोई भी बात राहुल को नहीं बता पायी।

कुछ दिन बाद करवा चौथ का व्रत पड़ा, भारतीय औरतें भले अपने पति से प्यार ना करे पर पति के लिये रखे जाने वाले व्रत उपवासों से उन्हें बहुत प्रेम होता है, मैं भी बहुत चहक के करवा चौथ की तैयारियाँ करने लगी।

पर करवा चौथ वाले दिन सुबह ही ज़ोर का सर दर्द चढ़ गया, जब तक नहा धो के आई ये नाश्ता करके निकलने की तैयारी में थे, मेरा सूखा मुँह देख के पूछा 'क्या हुआ तबियत ठीक नहीं क्या।'

जवाब मैंने नहीं कामवाली रधिया ने दिया 'आज बहुजी का व्रत है साहब, करवा चौथ।'

'अच्छा कुछ जूस वूस ही ले लो, तीरथ को भेज के फल वगैरह मंगा लेना।'

मंगा लेना, मेरा सर, कितना रूखा आदमी है ये।

'अरे जूस कहाँ पियेंगी साब, आज तो बहु जी निर्जला व्रत किये हैं, शाम को चांद की पूजा कर आपके हाथ से ही पियेंगी।'

पता नहीं सुने या नहीं, चले गये। मैं भी आराम से सोफे पे पसर गयी और राहुल से वाट्स अप पे बात करने लगी।

राहुल मुझे देखने को कितना उत्सुक रहता था, उसके कारण हर दिन बाद डी पी बदलना पड़ता था, लेकिन उसकी एक बात मुझे पसंद नहीं आती थी, उसका अनुराग की बुराई करना।

आज भी राहुल इधर उधर की ढेरों बातें बता रहा था, अचानक उसने कुछ ऐसा कहा कि मन खट्टा सा होने लगा।

वो मेरे शहर आके कुछ दिन रुकना चहता था, किसी होटल में, जहां हम आराम से मिल सके।

मधु अयन

'मिलने की क्या ज़रूरत है राहुल, दिन भर तो बातें करतें हैं हम।'

'ज़रूरत है मनु, सिर्फ बातें ही तो सब कुछ नहीं होती ना। 'तुम समझ तो रही हो ना, मैं क्या कह रहा हूँ।'

'मैं अच्छे से जानता हूँ, तुम्हारे खड़ूस पति को, घमंडी है बहुत, सोचता क्या है, कलेक्टर बन गया तो सब उसके गुलाम हैं। इतनी सुन्दर बीवी को भी नौकर बना रखा है।'

'नहीं राहुल ऐसी तो कोई बात नहीं, अनुराग ने कभी मुझे कुछ भी करने को विवश नहीं किया।'

'अरे तो इसका क्या मतलब, कभी उसने तुम्हारी तारीफ की क्या।'

'नहीं तारीफ तो नहीं की, पर बुराई भी तो नहीं निकाली। बल्कि जब उस दिन उस डॉक्टर ने मेरी तारीफ की तो अनुराग ऐसे लजा गये कि मुझे भी हंसी आ गयी।'

'क्या बात है मैडम, आज बड़ा प्यार उमड़ रहा है, ऐसे तो बड़ी बुराईयां निकालती हो।'

'अच्छा खैर वो सब छोड़ो, सच बताओ, तुम मिलोगी या नहीं, अगर तुम्हारा इससे आगे जाने का इरादा नहीं है तो कल से ये गप्पे मारना भी बन्द करो यार, बोर कर दिया है तुमने अपना अनुराग पुराण सुना सुना के'।

कान में जैसे सीसा पिघल गया, कैसा आदमी था ये राहुल, कभी तो मैं इसकी जान हुआ करती थी, घण्टों मेरी बातें सुनता था, और आज तीन ही महीनों में मैं बोर हो गयी। ईश्वर तेरी माया, क्या पुरुषों को बस यही चाहिये।

फोन बन्द कर मैंने आंखे बन्द कर ली, कुछ अच्छा सोचने का मन कर रहा था, पर ये क्या बन्द आंखों में बार बार अनुराग क्यों चला आ रहा था।

शाम को कॉलोनी में एक साथ सभी की पूजन व्यवस्था की गयी थी, मैं

भी शादी का जोड़ा पहन तैयार हो गयी।

आईने में खुद को देखती ही रह गयी। इतना सुन्दर भी कोई हो सकता है, अपने में खोयी मुस्कुरा रही थी तभी कमरे के कोने में मेरे पीछे खड़े अनुराग पे नज़र पड़ी, वो भी मुझे मुग्ध दृष्टी से देख रहे थे पर तुरंत ही अपनी नज़र हटाये हाथ मुँह धोने चल दिये।

और मैं अपने इस विजय पर्व पर इठलाती बाहर चली आई। रसोई में रधिया रात के खाने की तैयारी कर रही थी, कड़ी मैंने बना कर रख दी थी, वो पूरिया निकाल रही थी, बोली 'बहु जी आज साहब का डिब्बा ऐसे ही आ गया, साहब तो खाना खाए ही नहीं।'

अब इस आदमी के लिये उतना रूखापन नहीं था मन में, पर इस निष्ठुर पे पूरी तरह भरोसा भी नहीं था, कि ये आदमी मेरे लिये भोजन त्याग सकता है।

ये कुर्ता पहने तैयार हो आये, मैरून कुर्ती में अच्छे लग रहे थे। हम नीचे गये और पूजा निपटा ली। जान बूझ कर तो ये इंसान कर ही नहीं सकता अनजाने ही हुआ होगा, इन्होनें भी वही रंग पहना जिस रंग की मेरी साड़ी थी। हम दोनों ने एक से रंग के कपड़े पहने थे, जिसके कारण नीचे सभी हमें छेड़ते रहे।

मेरी उस दिन के बाद राहुल से फिर बातचीत शुरु हो गयी पर अब मैं पहले से अधिक सावधान थी, सिर्फ हल्की फुल्की बातें ही करती, ज्यादा भावुकता से बचने लगी थी।

एक दिन इनकी आलमारी जमा रही थी कि ऊपर के आले से एक तस्वीर और एक चिट्ठी गिरी।

तस्वीर निहायत ही खूबसूरत सी एक लड़की की थी, नाम लिखा था लालिमा, वो सच लालिमा ही थी, साथ में जो चिट्ठी थी उसे मैंने पढ़ना शुरु किया।

मधु अयन

'माननीय

आपके घर पर मैने मेरी बहन के लिये रिश्ते का प्रस्ताव भेजा था, पर आपकी माताजी को कोई और लड़की भा गयी है, हमने उसका सारा कच्चा चिठ्ठा निकाला, उसका उसके ही कॉलेज के किसी लड़के के साथ संबंध है, सुनने में आया है कि लड़की भागने को भी तैय्यार थी, वो तो लड़का संस्कारी निकला।

आपके घर से हमें खोटे सिक्के सा फिरा दिया गया, मैं नहीं जानता कि वो लोग ऐसा क्या दे रहे जिसका लालच आपके घर वालों पे हावी है, पर हम आपको ३० लाख रुपये और बाकी सारा सामान देना चाहतें हैं जब ये प्रस्ताव आपके पिता के सामने रखा तो उन्होंने मुझे बाहर का रास्ता दिखा दिया। आजकल के लड़के खुद समझदार हैं स्वयं अपना निर्णय लेने में सक्षम हैं इसीसे ये पत्र भेज रहाँ हूँ, साथ ही फोटो भी है, पसंद आये तो आप हमें फ़ोन कर लीजियेगा।

आपका धरनीधर।

मेरा सर घूम गया, कुछ नहीं सूझा क्या करूँ, मैं जाने कब तक वैसे ही बैठी रही, अनुराग कब आये, पता ही नहीं चला, वो आये, मेरे हाथ से चिट्ठी ली और फाड़ के फेंक दी।

मैंनें आँख उठा कर इन्हें देखा और ज़ोर से रो पड़ी। ये घबरा गये पर वहीं बैठ कर मुझे सांत्वना देते रहे।

'आपने एक बार भी मुझसे कुछ नहीं पूछा, आप खुद को समझते क्या हैं। क्यों की आपने मुझसे शादी, आज आपको मुझे सब सच बताना ही पड़ेगा।'

'अरे मानसी क्या बताऊँ। मैंने किसी ज़ोर जबर्दस्ती में शादी नहीं की। 'देखो जब से नौकरी लगी, घर पे विवाह प्रस्तावों की बाढ़ सी आ गयी। मैं शुरु से ही पढ़ाई में लगा रहा, कभी जीवन में कोई लड़की नहीं आई, माँ से कह रखा था, उनकी पसंद ही मेरी पसंद।'

'तो आपको उस चिट्ठी पे विश्वास नहीं हुआ, कि मेरा मेरे कॉलेज में कुछ...'

'तुम पागल हो क्या, अरे इस तरह की चिट्ठी पे कौन पुरुष विश्वास करेगा और जो इस पे विश्वास करे उससे बढ़ के मूर्ख मेरी नज़र में कोई नहीं।'

'पर सोचो अनुराग, अगर ये बात सच होती तो।'

'तो क्या, मुझे तो शादी के पांच महीनों में ऐसी कोई कमी मेरी बीवी में नज़र नहीं आई, रही बात तुम्हारे पास्ट की, तो वो हर किसी का एक खुबसूरत पास्ट होता है, पर सच्चा इंसान वही है, जो सच्चाई से ईमानदारी से अपने जीवन की धारा में बहता जाये।'

'हाँ बात वहाँ गलत हो जाती, जब मैं या तुम अनिच्छा से इस बन्धन में बन्धे होते और दुनिया वालों के लिये इस रिश्ते को खींचते चलते, वो मेरी नज़र में पाप होता, ऐसा कुछ अगर तुम मुझे बताती तो मैं दूसरे ही दिन तुम्हें खुद उसके पास पहुंचा देता जिससे तुम असल में प्यार करती होती।'

'देखो मानसी बहुत लच्छेदार बातें मैं नहीं जानता, मुझे कविताए ना पढ़ना आता, ना लिखना, मैं एक साधारण सा आदमी हूँ जो अपने परिवार से अपनी पत्नी से बहुत प्यार करता है, पर मुझसे ये उम्म्मीद ना करना कि मैं रोज तुम्हारी तारीफ करूँ।'

'पर मुझे तो पसंद हैं कविताएँ' मैं मुस्कुरा उठी, कितना सरल जीवन परिचय मुझे समझा गये अनुराग, सच तो है जीवन कोई फिल्म नहीं, यथार्थ है और यहां मेरे अनुराग जैसे हीरो की ही ज़रूरत है।

मैं मुस्कुराते हुए रसोई में चाय चढ़ाने चली गयी, चाय बनाते बनाते ही राहुल को सारा किस्सा कह सुनाया और ये भी बता दिया कि वो अब मेरा सिर्फ अच्छा दोस्त है, उससे ज्यादा की मुझसे कोई उम्मीद ना रखे।

अब मैं अपने रूखे सूखे पति को कैसे अपनी पत्नी को खुश रखना है, कैसे बात करना है, ये सब सब समय समय पे सिखाती रहती हूँ, रोज डे

पे मैं ही गुलाब देती हूँ, चॉकलेट डे पे चॉकलेट और वैलेन्टाइन डे पे उन्हें डिनर पे भी ले जाना मेरा ही काम है।

हाँ मेरा नीरस कलेक्टर इन सब मौकों पे अपना अमूल्य समय मुझे दे देता है, और मेरी इन सब कारगुजरियों पे शरमा के गुलाबी भी हो जाता है, लेकिन आज भी खुल के I love न नहीं बोल पाता और मैं जानती हूं कभी बोल भी नहीं पायेगा।